谷梅 著

教.慾

Lust / Lost

自序　抗議與顛覆

為什麼要寫出這樣的一本書呢？

乍暖還寒的細雨中最適合窩在茶館裏短暫的歇憩。茶館的榻榻米散發著潮濕的氣息，乾草和烏龍混淆成的清香讓人似睡非醒，背倚靠著抱枕，望向窗外佈滿裂紋的樹幹和搖曳的枝葉，覺得能停下腳步，聽聽風聲，看看樹影，就像是村上春樹先生所形容的，生活中的「小確幸」吧（微小但確切的幸福）。

這時，隔壁桌一對原本高聲談論著美食、購物和電影的中年婦女卻突然靜下來，當她們熱烈談笑時，因為過度興奮，咬字便不清楚。這時壓低聲量，反而字字清晰，就這樣鑽入了旁人的耳朵裡。即使我坐在旁邊，也無法躲避。她們說起和先生的房事問題，她們開始哀聲嘆氣，欲言又止。我起身離開，茶館外的雨已停，陽光剛剛露面，馬路上一片氤氳。

這一天回家，我開始提筆。

當電影電視裡充斥著刀光血影，
當現實世界充滿了仇恨暴力，
當媒體呈現的是血腥和殺戮時，心裡真是難過的。
這個世界到底發生了什麼事？
我們可以容忍視覺接收斬頭斷臂，血液飛濺的場面，卻認為男歡女愛的畫面羞恥不潔。
我們可以看到肚破腸流，卻不能看到性行為。
我們可以接受政客天花亂墜，滿嘴謊言，卻對於人們的基本生理需求，視而不見。
我們可以口沫橫飛，談天說地，但是說到性，卻只能哀聲歎息。
我們挖空心思來滿足口慾，卻對性，採取迴避。

如果腦漿可以在視野流洩；
語言可以用來刺傷，可以抹黑；
耳朵可以用來聽戰火轟隆，可以聽人民的哀嚎；
雙手可以用來製造炸彈，可以獵殺動物；
連我們的心啊，都可以僵化，可以因觀念不同進行攻擊……

這些我們都能夠忍受。

那麼，為什麼對於「性」的議題，我們要偷偷摸摸，將它藏在黑暗中？

對於有關「性」的文字，我們要這麼隱晦不明？

對於「性」的行為，將它貼著罪惡的標籤？

性，為什麼見不得人？

對於身體構造，我們可以談食道，膽道，腸道。可以談心臟，胰臟，肺臟。為什麼說起陰莖或陰道便要放低聲量，甚至皺起眉頭，弄了很多代替的字眼，改說成這個或那個？

這個世界到底變成了什麼樣子？

我們每天接收的多是不堪的訊息。天災也罷，人禍也罷，烏托幫，玫瑰園，允諾的真善美似乎只存在於虛幻中。人的夢想每日築起，每日破滅，這是一個令人悲觀的世紀。

所以，我想啊，搖起筆桿，直接的談點性的美好，應該是對這個混亂的世界一種微弱的抗議和顛覆吧。

這是一本單純的，書寫婚姻感情的小說。內容並非要挑起人們的性慾，只是希望藉著文字的表達，來描述男女間的情愛關係，陳述身體的感受，尤其是以女人的觀點，來描述這些美好的感覺，當然重點是能帶著文學的意味。

但願讀者喜歡這一本書，就像是剛剛在巷口的路邊攤吃了一碗麵線一樣，那樣簡單，那樣平凡。

目次

1．眼不見為淨

素妍是我的大學同學，現在回想起學生時代，恍如昨日，雖然是十多年前的事了，在人生的旅程裡，竟像是一眨眼的功夫。四年的光陰如霧如電，在當時卻又覺得像走在漫漫長路上，一路風光綺麗，盡是笑語，不知愁滋味。在校園裡三三兩兩的同學身影，也總是悠閒，從容不迫的樣子，成人世界的煩惱都還遠在天邊，近在眼前的是如秋雨般的心事。純真的友誼，浪漫的愛情，在眼前像一顆顆晶瑩的露珠，只等著朝陽升起，化為日後的無盡回憶。大學畢業後，同學散的散，飛的飛，留在腦海中的不過都是片段的章節，學的課程也有很多和現實工作沾不上邊的。

可是不管怎麼漫不經心，有些東西還是記住了。

雖然好像沒有什麼意義，可是在十年之後，如果你仍有這些同學們的下落，你還知道他們的現況，你就會覺得點點滴滴都有關聯。

成長的環境，學習的內容，塑造了我們的個性，而個性可以決定一個人的命運。在什麼時候，做什麼抉擇，會走上什麼樣的路，一切都好像是順理成章，自然而然地便發生了。

我記得許多同學的模樣和性情，這些具有特異功能的同學，一直讓人印象深刻。像王瑀，沒見她讀書，卻總是科科拿滿分，這種同學令人懷疑成功是百分之九十九的努力這句話，不過是一種騙術，專門用來安慰平庸者的；慈欣是標準的美女，按現代話來說，是不折不扣的正妹，沒有幾個女同學喜歡走在她身邊，從她身上驗證了人世的不公，增加了輪迴的可信度；螢雪的文筆沒話說，生來就是爬格子的天分，偏偏還有一對水汪汪的大眼，更強化了我們對於作家的刻板印象；單親媽媽美玲，像小說裡敢愛敢恨敢揮刀的俠女；素妍文文靜靜的，最適合在大熱天找她一起吃冰沙，向她抱怨班務，可是妳別看她文靜，她也做了幾樁誰也不敢做的調皮事……。

我們這一群女孩兒們很少將注意力專心在學習上，完全對不住大學裡的這個「大」字，當然也對不住國家社會家庭的栽培，心裡不是沒有一丁點兒的愧疚。不過，愧疚的時間很短暫，來得快，去得也快。對於學業的要求，也只在當與不當之間搖擺，這是一條不粗不細的線，只要能跨過，低空跨過或高空跨過都好，時間就是妳的。不過，青春年華嘛，可也不能怪青春呀！青春是任性的，她任妳玩，任妳盡情的聽和看，盡興的揮霍。社團和男孩，電影和約會，愛情和友情攪得青春天翻地覆的，她絲毫不在乎。

當然，跨越一條「當」或「不當」的線並不是毫無困難，有同伴就有了對付的法子，三個臭皮匠，勝過一個諸葛亮。素妍、美玲和我，就是專門一起臨時抱佛腳的夥伴，我們也不只是一起讀書玩鬧，我們也一起度過了青春最閃耀的時光。我想說的主要就是有關她們的故事，尤其是素妍。

說起閃耀的青春，不外是過著活潑熱辣的生命，感覺時間永遠是那麼的充裕，身邊的人事物都充滿著色彩與聲音。

那時候，從來都不在乎排著逶迤兩公里長的隊伍，只為了看一眼心目中的偶像；或是轉了五趟公車，花了好幾個鐘頭的時間，只是和同學約著看一場現在想都想不起來的電影。那種年紀是不嫌麻煩的，只要能跟同學鬼混，做一些了無意義的事，也都可以上刀山，下油鍋。

青春也是不計較的。

明明走二十分鐘的路就可以到學校，卻期待每天等公車的清晨時光，偏偏要搭上擠得像沙丁魚的公車，只因為等公車的學生群中，有一位男孩兒長得真是好看，雖然三年等下來沒說過半句話，但是等待的時光卻是甜美的。

青春真是美好。

當時，我們的頭髮是烏黑亮麗的，緊身衣包裹下的腰肢，擺動起來有初春的韻味。雖然對於胸部的發展狀況總是非常不滿意，但她們是飽滿的，悄悄地透露著亢奮的氣息。平坦的腹部可以在穿著牛仔褲時，不經意的露出圓俏的小肚臍，如果招來了有意的目光，總會激起一點兒莫名的興奮。

然後，過了雙十年華，熬過了油脂分泌旺盛的少女時期，只要青春不要痘的廣告詞終於實現，皮膚再現光滑，可以輕撫，可以啃咬，可以在綿綿的夏日裡穿著無袖洋裝，和空氣中閃耀的光點，熱情擁抱。

青春可以長久，肉身永不腐朽。

但是，隨著歲月增長，我們終於擺脫了學校及年齡上的束縛後，卻開始走入另一個更長久的桎梏。這個桎梏包含了許許多多的禁忌和黑暗，將我們肉身包裹成不見天日的幽靈，好像經由絕對的控制，我們就都可以免除災難的降臨；經過縝密的約束，我們就可以在塵世中尋得淨土。

天空仍可以是藍的，人們世世代代都可以高枕無憂，眼不見的都可以為淨。

其實，我們都曾經在幻想中堆砌夢境，從來都不願意懷疑它的可能性。儘管地球轉了一圈又一圈，宇宙變得越來越大，我們仍只是盼望有一天，這具渺小的肉身，能找到有如傳說故事中的情愛故事主角，那麼纏綿悱惻，可以讓人欲仙欲死，像張愛玲說的那樣。

我們的卑微的幻想啊，是說不出口的。

它們藏在肌膚之下，黑瞳之後，躲在理智的控制中。

我們隨著現實生活的逼近，在禮教、禮法，和禮數中，很快地認知到什麼是罪惡不潔的，什麼是作為一位好女人的禁忌。

我們的肉身開始變成了引發罪惡的陷阱。

歌頌肉體歡愛的女人注定被冠上淫亂可恥。

只有愛與信仰，忠貞與節慾，才是人們至高無上的品德。

素妍就是一個注定踏上荒涼道路的孤獨者，即使同學多年，我也無法理出發生在她生活中的這些道理，如果可以稱做是「道理」的話。

因為，我實在不知道她遇到了他，到底是幸，還是不幸？

如果是「得之我幸，不得我命」，那麼這些遭遇，應該是幸的了。她有得到，也有失去，得失之間，又豈只是命呢？

我們一起度過了在青春最盪漾的時光。

我們一起度過了在肉身最飢渴的時光。

而肉身哪，時光並沒有讓她立刻隨著年齡的增長而腐朽，反而在步入中年後達到另一個成熟的高峰。但是，我們都默默的忽視這些訊息，以為視而不見，或聽而不聞，身體便會知趣地黯淡下去。

如果不是那一場雨，也許現在的素妍還和我在一起，我們會相約在有遊戲區的公園裡，讓我一邊可以看著孩子們在溜滑梯爬上爬下，一邊跟她抱怨著今年的西瓜不夠甜，或是葉菜類太貴，農藥太多等等芝麻綠豆的瑣事。另外也會提到誰去割了雙眼皮，誰正在辦離婚手續，誰家老公搞外遇，弄得夫妻倆大打出手之類的，日常生活的八卦。

而她呢，也許會繼續跟我抱怨她的先生一天到晚加班，陪她的時間太少。但是她反正有錢有閒，每天可以靠著逛百貨公司打發時間。她會知道哪家餐館好吃又便宜，還可以免費停車；哪一家服飾店正在打折等，也是之類的，還是瑣事。

瑣事會佔據我們的每一條神經，讓我們在每晚臨睡前完全想不起來今天到底做了哪些事。

然而，是因為了一場雨，讓我們在時光之流中，各自走上了不同的道路。

我選擇了上班、下班、結婚、生子、買房子、買車子……到現在，等著四十不惑的那一天來臨，也許之後開始參加一些義工團體，做資源回收，做愛心媽媽，用充滿光明的心迎接身體的漸趨凋弱。

我會按部就班的踏著穩健的步伐。

白天時，做在白天應該做的事。

到了晚上，做見不得人的事。

只是這些事，比起素妍告訴我的故事，可真的是無從比較。我不知道我們在年輕時的一切幻想，其實是可以成真的。

我以為全世界的每一個女人都跟我想的一樣，賢妻和蕩婦是不相交的兩條平行線。我們乖乖地守著含蓄的防線，享受慾望就留給那些狐狸精吧。

不過，天知道，當素妍跟我述說她的遭遇時，我幾乎無法置信。回到家，我聽著先生躺在我的身邊打著呼嚕，一邊想著改變了素妍一生的那一個人。

我也想碰到一場大雨，改變人生的一場大雨。

2．這是一條汪洋

清晨的空氣中飄著涼風，秋天已悄悄地在路口等候著。

天微微醒著，光線從窗簾細縫中像霧般的飄了進來，落在素妍的床邊。素妍睡得正酣，矇矓間感到身邊一股急促的呼吸，她勉強翻身，卻感到一雙手正撩起了她的睡衣，接著又粗魯地褪去她的內褲，她想側身避過這雙她熟悉的手，但畢竟徒勞無功，在她還半睡半醒間，俊為已經用力扳開她的雙腿，直接進入了她的體內。還來不及熱身，素妍因著下體微疼，發出一聲呻吟，俊為已迅速地抽動起來，他雙手緊抓著她的腰身，注意力似乎只在她的下半身，素妍是不是一個活生生的女人，變得似乎不重要了。這時她已全然清醒，身體僵硬地因著他的姿勢而擺動著。

她索性將眼神望向窗戶。

俊為結束時，起身至浴室，留下素妍裸著下身，抱膝側躺在藍色的床單上。

這條藍色的床單是她的最愛，結婚前在寢具店挑選的。當店員拿著目錄幫她介紹時，她一眼就瞧見了它。

這是一條汪洋，她想。

湛藍的底面，點綴著隱隱約約的白色線條，構成如大海般的圖案。躺在上面，她可以想像自己獨自在海洋中漂流，以海為枕，多麼的浪漫呀。

她也想像自己正面對著汪洋，像一種絕對的孤獨，超然獨立的。而絕對的孤獨，代表幸福。當然，這種自我安慰的幸福感，是在認識俊為後才有的體會。

窗戶外的白雲有著秋天特有的形貌，輕飄飄的，像不經意的流過了這片天際，帶著寂寥的味道。在這種時候，她總是將眼神放在光的所在，好像有了光影，可以連帶的將她的神魄一併照亮。

在光影裡，她可以忘卻在暗室裡有一具不屬於她自己的肉身。

她的眼神總是追隨著光，這是她與俊為結婚後養成的習慣。因為俊為喜歡在清晨，用她的身體作為自己除舊佈新的道具，而一紙婚約，代表了他擁有這項權利，而她，必須盡一位賢妻的義務。

禮所當然，也是理所當然。

她不曾懷疑這個使命，就好像日出而作，日入而息。

素妍不過是一位平凡的女人。

俊為從浴室梳洗完畢，打開衣櫃，坐在床沿更衣。他坐下時，床鋪照例發出呀的悶響，好像被壓迫了一整夜的彈簧，等不及的喘了一口氣似的。

她神情恍惚地回頭看著他，竟一時覺得他很陌生。

多少年前，難道是眼前這個人，和她攜手在淡水看著夕陽，在餘暉中許下長願相隨的諾言？

長願相隨，像在說一個遙不可及的夢，夢尚未被喚醒，她已經在紅塵中滾了一輩子似的，完全感受不到這句話的魅力了。

是他嗎？

俊為穿好西裝，自己對著鏡子打了領帶，回頭對她說：

「我今天開會要提早上班，早餐我會在外面買，妳再多睡一會兒吧。」

說完，他摸摸她的肩膀，素妍的目光仍舊放在窗外，沒有回答，也沒有看他。

他起身，拿了西裝外套，走出臥房，素妍聽到俊為的聲音，好像從遙遠的地方傳來：

「晚上開會，不會回來吃晚飯。」

突然，一股倦意像陣風吹來，她不禁打了個寒顫。她躡手躡腳，輕聲走入洗手間，在按摩浴缸的邊緣坐下來，雙手按摩著太陽穴。樓下的客廳裡隱約傳來腳步聲，拿鎖匙的聲音，接著是關門的聲音，之後歸於平靜。她確定俊為已經上班去了，才從洗手間走出來。

她走到衣櫃旁邊的長鏡子前，脫下睡衣。她全身赤裸，邊摸觸自己渾圓的胸部和臀部，歎了一口長氣。

鏡子裡的她仍是從前的她嗎？

這個幾乎和她同身高的長鏡是母親至日本旅遊特地買回來送給她的。她一直搞不清楚是甚麼材質，滑溜的鏡框像是年輕女子的肌膚，觸手時先涼後溫，讓她驚艷不已。鏡面佔三分之二，剩下的部分全是手繪的綠色葉子。纖細的脈絡遊走在深淺不一，形狀各異的葉片下，竟像是滾著花邊似的，讓她想著深秋裡的樹林。

樹林裡有她年輕的回憶。

她記得是在高中三年級的十月，趁著剛考完試，她和初戀情人走在那樣的山路上，仰頭觀看葉片，林間的葉片閃著細碎的光，渙漫迷矇，他拉著她的手，兩個人直直走了二個多鐘頭，沒有說一句話，只有雙腳踏在乾枯的落葉上，發出稀落的聲音。

年輕的心自有年輕的章法，滿溢的感情，能讓語言表達嗎？

語言能說盡心中事嗎？

素妍一路成長的學習環境中並沒有許多與異性接觸的機會，這讓她一碰上自己喜歡的人，就像被點了啞穴，變得毫無生氣。常常千言萬語，卻不知從何說起，結果只落得寡歡的模樣。

她讓靜默成為自己唯一傳達心意的方法。當時她覺得自己是世界上最幸福的人了，他會瞭解她的心。然而，她並不知道，過度的靜默，有時候會變成誤解。少男少女九彎十八拐的心，哪經得起這種長時間的無言。一次兩次是浪漫，每次碰面時都因過度羞澀而無話可談，幸福的感覺便悄悄的溜走了。正如秋去冬來，時序替換，難以永遠保存。踟躕間，人卻漸行漸遠，素妍更加沉默了。

鏡面上的葉脈似乎仍在低語，而自己卻早已形單影隻。雖然身分證上的配偶欄並不是空白。

她慢步走回浴室。

從鏡子裡，她看到乾裂的雙唇上有一點血絲。最近天氣乾燥，她常常忘了要擦護唇膏，該記得的事總像在雲霧飄渺間，搞不清楚狀況，而無關緊要的芝麻小事，卻可以讓自己叨唸好些天。

斷送一生憔悴，只消幾個黃昏呀！

俊為的刮鬍刀，刮鬍泡，牙刷和齒間刷等散放在鏡子前的玻璃檯面上。鏡子上有幾點牙膏的白印，她伸出指頭將它們抹淨。

俊為是素妍的大學學長，在學生時代便是一個極受爭議的人物。欣賞他的人，佩服他的辯才一流，唱作俱佳，辦事能力強。身為活動中心的靈魂人物，只要是他主辦的大型校際活動，由他主持節目，必然都是功成圓滿。

討厭他的同學們，大多無法忍受他一副傲視人群的德性，頤指氣使的口氣，讓周遭的同學們敬而遠之。偏偏素妍個性溫馴，不太有自己的主見，她反倒羨慕那種性格果斷，思路乾脆的男生，何況她的初戀是那樣不明不白的結束，這傷透了她的心。進了大學，她越來越安靜，她想要的是能夠替她說話，替她將約會的氣氛搞得熱鬧，替她將前路鋪整清楚，甚至，就是替她生活的人也好。

至少在當時她是這樣想的。

俊為就是一個這樣唯我獨尊的大男人。

這還不讓素妍為他傾心嗎？

她常常幫忙佈置會場，張貼海報，故意製造機會接觸他，有幾次需要緊急公差到書局買文具，大家都推說忙碌，沒人肯跑腿。素妍總是自告奮勇，俊為便注意到她了。

有一次辦表演活動，原被派去接待演出團體的同學臨時發高燒無法前往，俊為得知後一時躊躇不知如何是好，自己還在忙著佈置場地，音響設備尚未裝妥，簡直是急如熱鍋上的螞蟻，差一步就想切腹自殺。正要發飆，環視身周，卻見素妍一雙妙目瑩瑩望著自己，他突然心中感動，走向她。在他尚未開口時，素妍對他說：

「學長，如果你覺得我還可以勝任，就派我去吧。」

俊為輕拍她的肩膀，說：

「我最欣賞像妳這種默默做事，毫無怨言的女生了。」

她立刻往校門口的方向走去，臉上帶著微笑，經過長廊時，傍晚的暖陽照在路旁的朱槿，突然勾起了她的回憶。

她又想起初戀情人。

從前曾一起走在公園裡，步道旁的綠籬種的就是朱槿，又稱扶桑。她唯一記得的植物名字，也是因為那一次難忘的經驗。

也是在年輕的時候，感官特別的多情和銳利吧。

陽光特別耀眼。

雲朵的模樣像圖畫。

春天的花朵兒含情脈脈。

夏天的雨，有青草的味道。

冬天的寒風也有動人的韻味。

一叢大紅的花瓣在身邊綻放，就可以盪出無名的快樂。她是快樂的吧，她想。那時候的她，腳步輕盈，一陣微風就可以吹散她心頭捲亂了的細絲，長長渺渺，飄在時光裡，卻其實是明白得一塌糊塗，絲絲分明。

雖然很多事情在當時並不明白，人總是在回顧時，突然對某一段時間的記憶特別鮮明，後來才會知道為什麼該記得的全忘了，不該記住的，卻時時縈繞在心裡。

初吻的經驗就是不應該記住的，卻因為是揮之不去了，讓現在的她徒留感傷。

當時是在夕陽西下的時刻，她和初戀情人在公園裡走了一個多鐘頭了，他從口袋裡掏出銅板，在自動販賣機買了一罐運動飲料。他打開易開罐，先遞給素妍，她沒有細想，喝了一口後，他伸過手來接著嘴喝了。這個動作讓她全身像電流通過，臉兒脹紅，不安的將視線移向花叢。她突然覺得自己修長的腿沒得遮掩，T恤的領口開得太低，內衣的帶子好像要滑下肩膀，她假裝摸摸脖子，趁機扯了下肩帶，確定在衣服裡。接著她又拉拉褲角衣袖，想說些什麼，卻是喉嚨發疼。

他似乎是瞅著她，但是眼神在跳躍著。他一口氣喝完飲料，將空罐子擱在地上，走到她的身後。說道：

「先別動，讓我幫妳把馬尾上的蝴蝶結紮好。」

她感到他手指頭輕巧的動作，只聽到他說：

「這扶桑花朝開暮合，很像美人害羞的姿態。」

說完，他的雙手搭在她的肩膀上，將她轉過身子面對自己。她覺得自己快融化了，她完全身不由主順著他的動作，像走進了綠幽幽的時光隧道，他的雙唇封住了她的雙唇，輕輕的貼著，像露珠在花瓣上滾動般的輕巧。

僅僅是四唇交疊，她的心臟卻幾乎從胸口躍出。百米衝刺時的心跳都還沒有這麼快，她懷疑自己已經昏厥了。

她體溫驟升，血液沸騰。

天地忽然靜止了。

隧道的盡頭延伸至無垠的夜空。

盡頭的那一端，繁星閃耀，光影吞沒了她的靈魂。

然而青春的心總是在華美處突顯出它的不安。

高中畢業後的大學聯考分發，讓他們被分隔在天南地北的學校，各自求學，突然就斷了音訊。見面時寡言，分離後更不知如何再續前緣，公園裡的初吻像是告別青春的紀念品，時間空間發揮了最大的影響力，素妍的紀念品便埋葬在朱槿的暗香中了。

雖說是埋葬了，結束了一段情，可又有一點東西在她的身體盪開了，身體微妙的放電，在某些莫名其妙的場合，觸痛她的心。即使在俊為進入她的生活後，她以為俊為可以讓她忘卻初戀情人給她的悸動，她以為那樣的電流，只要肌膚相親，自然會產生。但結果是，不但沒有，她仍然無法逃脫那樣的輕噬，甚至更加心疼。

俊為是素妍在進入大學後第一位交往的男朋友，也是唯一的一位。俊為表明追求她是在學期結束前，他主動陪她去等公車的路上。

那一天，一走出校門，他便直接地牽起了她的手，大聲的評判著當天活動的優劣點。他的手緊貼著素妍的掌心，這讓她的心猛地狂跳，好像心跳的速度完全取決於俊為的掌紋密度，跟她無關，她完全無法控制。也是因為懵懵懂懂的年紀，從小便被教導凡事課業為先，又是家中的獨生女，素妍對男女情事只限於課本裡的健康知識。和戀人的初吻已讓她神魂顛倒了，她還能怎樣呢？

說到男女情事，免不了想到性事。

她還記得當老師說到男女從事性交活動時，男性的陰莖會進入女性的陰道。這段話讓她的頭腦昏脹，直覺這是不可能，也是做不到的事。她怎麼能讓一位男性和她進行如此親密的關係？那可不是得裸裎相對嗎？

她的疑惑和不安並沒有持續很久，俊為牽著她的手後不到三個月，就對素妍實際演練了課本的文字，不多不少，像是拿著說明書，對照指示操作，只是想確定剛從網路訂購的料理機，是不是真的可以使用似的。

素妍事後回想起她的初夜，真的覺得像是上了一堂健康教育課，一堂不至於無聊到要打瞌睡，但是會忍不住拿起紙筆和鄰座開始傳紙條的無味課。偏偏她的這堂初夜課是沒有傳紙條的機會。不然，也許她可以記得更多，甚至可以因為紙條上的悄悄話，讓她在心底微微笑著。

可惜，什麼都沒有。

3．危險的氣味

初夜，像一顆豐潤鮮紅的草莓，忍不住讓人垂涎。

素妍記得某一部電影的畫面，在農場的黃昏裡，男主角採下一顆新鮮的草莓，放入女主角的嘴裡。年輕女子微張的紅潤雙唇，口齒輕輕含住草莓的景像，讓她的心裡緊了一下，好像某一條神經被拉扯了，她後來覺得那就是一種所謂性的隱喻，展示了慾望的華麗，言語無法說明。

素妍也有過這樣的慾望。

當身體莫名其妙地想要用力喘口氣，想要吸取一點什麼樣的東西來填滿空虛，她的下身會酸麻，這種感覺在月事快到時特別明顯。如果這真的是所謂的「慾望」，她喜歡電影裡的男主角那樣，溫柔地對她，她要他用美麗的黃昏和鮮潤的草莓來開啟她的愛戀。

雖然，夢想與現實總是相距遙遠，但是她並不知道，這種距離是可以遙遙無期的。成人們不是常常說嘛，沒有期望就不會有失望。不過，成人的話，就是聽不進的話。素妍不斷的構築了她模糊的夢想，期望某一天能將自己獻身給她愛的人，過程會是永生難忘，美麗得像電影場景一樣。

但是她的夢想沒有實現，卻是一跤跌入農場的泥濘裡了。

這一天是星期五，可惜不是十三號，不然事後她可以將一切歸咎在諸事不宜的凶日上。那一天他們兩個下課的時間相同，俊為約素妍一起吃晚飯，他們在師大路的小吃店裡吃得津津有味，俊為點了滿桌的菜，他一直夾菜給素妍，這讓她心裡甜甜的，覺得俊為在照顧她。他看起來心情很好，一邊聊著將來投資股市買賣的話題。素妍覺得他的眼光遠大，總會想到將來的事業，他一定會有成就的。她放下筷子，豎起耳朵聆聽俊為發表看法，表情是專注的，雖然她對這些話題完全沒有興趣，甚至有聽沒有懂。

這真的就是戀愛了，她對自己說。

她能包容下所有俊為的銳角，她可以化成他的形狀，方便他放下從頭到腳。她像是益智拼板的空盒子，不論俊為怎麼轉方向，怎麼和她格格不入，她就是他棲息的地方，只不過有時候得花些時間放置，她反正有的是時間。

這頓飯吃了近一個多鐘頭，俊為因為不停的說話，反而沒有好好的享受滿桌的佳餚，都是素妍拚命在吃，一邊不停的用衛生紙抹嘴。當她正準備重新拿起筷子，掃向桌上剩下的滷豆干和檸檬雞柳時，俊為突然握住她的的雙手，溫柔的注視著她，說道：

「我們的興趣相同，如果我們一起組成家庭，能夠日日夜夜說個不停是多麼美好的事。」

素妍大受感動，雖然她一時想不起來她和俊為共同的興趣是什麼，但是組成家庭的念頭，讓她頭皮發麻，這不就是求婚的前奏曲已緩緩響起嗎？這時，俊為然突壓低聲音，低頭靠近她的臉，對她說：

「今晚住在我那兒吧。」

他的聲音充滿著誘惑，眼裡閃著精光，注視著她，等她回答。素妍低下頭，她聽見自己狂跳的心臟，發出如低音鼓的撞擊聲，在人車喧鬧的路邊，再也無法靜止。

當然，那時候，風起雲湧的荷爾蒙在體內亂竄，天上地下永遠不要分離的美言不知說過多少萬遍，只要能和生命中唯一相愛的男子在一起，素妍就算是得在戰火區裡過著流離巔沛的生活，她也是願意的。何況，不過是要經歷著遲早都會來到的「那一天」嗎？

素妍低頭，漲紅著臉，沒有回答他的話。她先起身，俊為立刻跟上，搶在前頭先付了餐費，回頭執起她的手。素妍覺得道路好像淨空了，她聽不到人車的聲音，雖然人影車影依舊在她眼前晃動，但是她只感到俊為的體溫，和她被這體溫所環抱的身體。

俊為承租的公寓位在學校附近的暗巷裡。巷弄狹窄，幽幽長長，應該有點兒纏綿的味道，但不知道為什麼，反而長得讓人心煩。她的手在俊為的緊握下，熱得發汗。這條路她不曾來過，想不到俊為第一次約她，便是要度過這一夜。

初夜，應該要驚天動地的，或者是至少一輩子都難以忘懷的經驗，包括風的味道，腳步的聲音，街燈下的蝙蝠奮力振翅的姿勢，還有天空裡是否有著閃亮的星星，素妍都應該要記得一清二楚的。

初夜，應該要能回味。

但是，她卻只記得一隻失去影子的貓咪。

俊為一路無話，好像今晚有了明確的目標，語言也顯得多餘了。當晚的氣溫濕熱，但也不太清楚是因為自己的體溫升高了，還是因為天氣真的很熱。她一想到自己即將成為俊為的人了，全身的骨骼就如同都走錯了位置似的，她感到酸酸麻麻，有點兒混亂失真。二十歲的肉身，荷爾蒙四處奔流，她的確也想嘗試肌膚相親的滋味。

然而，這真的是她想要的嗎？

她的第一次，想獻給身邊的這個人嗎？

她的鮮嫩草莓和黃昏的金光呢？

暗巷裡，一隻黑貓，因為他們的腳步到來，迅速地鑽進車子下，素妍卻恍惚看到黑貓的影子卻因為走避不及，還留在路邊，沒有跟上牠。

黑貓的影子沒有跟上主子。

她記得連風都靜止了，好像全世界都等著看一場好戲，正屏氣凝神。

俊為住的公寓有四層樓，他住在第四層。她從來都不知道四樓可以這麼高，她想以後一定不要住在這種高不高，低不低的公寓，上下沒有電梯。如果有電梯，事情的發展可能就可以不同。

俊為可能會在電梯裡先吻了她，多了這個吻，就多了情趣了。電梯門開時，他們可能還在擁吻，捨不得分開，那麼初夜就多了前奏曲，有了樂聲，有了浪漫。更可以像一場正式的嘉年華會。

可惜，她只能可惜。

俊為一路沒放開過她的手，似乎怕素妍會突然消失。

六十四格階梯，她低頭數著，終於爬到四樓，她已經喘不過氣來，只覺得這階梯連綿不絕，自動感應的燈泡在他們接近時，抖然亮起，散發出一抹詭異的微笑。等他們走過後，回頭看時，樓梯間回復一片黑暗，剛剛的明亮便成了假像。素妍覺得自己走入了夢的入口。

一進門，俊為立刻反鎖上門，他將她拉到單人床旁邊，他站在她的身旁，在她的耳邊低語：「妳的月事才剛剛結束，我們會很安全的，妳不用擔心。」

月事？安全？

素妍記得前些天心情低落，她多想喝得爛醉，可以站在大街上像潑婦一樣罵街，雖然她從來沒有嚐過酒，別說一口，連一滴也沒有沾過。但是，她想要這樣做。

葡萄酒是什麼味道呢？

龍舌蘭可是花朵的名字？

長島冰茶能消暑解熱嗎？

俊為怎麼知道她是安全的？

他都有注意著素妍在她記事本上的紅圈圈嗎？

紅圈圈後緊接著的白淨日期，難道代表了她的血液中，沒有危險的氣味？

俊為摟著她，撫摸著她的背。接著，他蹲下身體，脫下她的裙子和內褲，裸露出素妍的下身，這讓她脹紅著臉，不自覺的兩腿發顫。他叫她躺下，因為緊張，她完全不知所措，任他擺佈，雖然心裡已經有些懊悔了。但是，她喜歡俊為，他是她的男朋友，不跟他做，跟誰做呢？她也知道接下來即將發生的事，但是她覺得不妥，好像少了什麼，空氣中沒有甜美的花香，柔和的音樂，他的動作忽忽如狂，厚重的呼吸聲，敲擊著靜夜，素妍突然想起那隻失去影子的貓，貓影子跟上了牠的主子嗎？

當俊為露出他的下體時，她立刻瞥過頭，不敢觀看，任俊為撐開她的大腿，用力挺進課本裡，那稱為陰道的女性器官。她痛得低聲驚呼，一心盼望俊為的動作能早一刻停止。然而時間似乎是靜止的。

素妍突然覺得自己的身體已經不是自己的了。

性交原來是這樣的。

原來這個所謂的秘密花園，不過是剛好有一條通道能讓男人的性器官進入，不需要通關密碼，只要撐開腿，男人就舒服了。

那她呢？她自己應該要有什麼樣地感覺？

自從走過那陰暗，令人喘息的階梯，素妍像棄守城牆的士兵，高舉白旗，任俊為翻牆越嶺，隨意轟炸。雖然疼痛的感覺已經消失，俊為的動作依舊，生理的需求如同吃飯睡覺，變成生活裡的一部分，她覺得這是命定，就像三餐飯前要洗手，飯後要刷牙，睡前總得沖個澡，保持身體清潔健康是偷懶不得的要事，也是一種習慣。

俊為得發洩，而她剛好有了那個管道。

她覺得，也許這就是作為一個情人的職責，反正她也是要嫁給他的，總是他的人了。

雖然她也有疑惑的時候，但她不明白自己疑惑地是什麼？
如果不知道問題，又該從何問起呢？
就算知道了問題，又該問誰呢？

4．陌生

俊為上班去了。

俊為畢業後，考上銀行特考，十年來，一直在同一家外商銀行工作，因為工作表現優異，幾乎是年年升遷，讓他死心塌地的為公司賣命。他似乎永遠有進行不完的活動，開不完的會，像學生時代一樣的忙碌，標準的工作狂。他若不是吃飯應酬，就是和同事上健身房去運動，有時還得出差。素妍幾乎很少碰到先生。雖然偶有怨言，但久而久之也就算了。

當然，這個「算了」的過程是因為「積怨」已久，發生在素妍這樣個性柔弱無主的人身上，能怎麼辦呢？無法可施呀。

俊為說過，他要趁年輕的時候好好打拚，存錢，而且他熱愛這個工作，將來也想提早退休，屆時再好好享福，他會帶她遊山玩水，補足之前沒能好好和她一起相處的時間。

當然，年輕並能不常久，步入中年的俊為依舊熱愛工作，趁年輕打拚，改為趁中年打拚，也許將來再改為趁老年時打拚，最後便成了趁進棺材前好好打拚了。

素妍失笑。

她不是沒想過自己也出去工作，找點事做，可是她真的不喜歡拋頭露面，她不想和人群接觸，她偏偏就是那種不喜歡過團體生活的人。

說起素妍，她的成長過程也不盡是一帆風順的。

素妍的父母在她國一的時候，因為一場車禍，雙雙罹難。素妍是他們繳了一輩子保險金的唯一受益人。父母走後，她由父親住在南部的妹妹照顧。素妍一路帶著憂愁的面容長大，國中和高中都特意揀選要住校的學校就讀，為了不想和姑姑一家相處。

姑姑家有一雙幼兒，正是天真可愛的年紀，週末時，看著姑姑和姑丈一家四口享著天倫之樂，她選擇沉默和退縮。他們並不勉強她加入。總是進入青少年時期了，姑姑和姑丈讓她自己做決定。而她的決定便是將自己鎖在房間內發呆，常常一夜無眠，上課打瞌睡；常常沒來由的想打包行李，頭也不回的遠離，往哪兒走都可以。

她在高三時奮發圖強，終於考上了離姑姑家遙遠的北部大學，正式新生活的開始。姑姑替她在銀行開了戶頭，保險金一毛錢也沒少的全數存進了她的名下。這些錢夠她吃喝一輩子。素妍從來都不想踏入社會工作，卻不是因為不缺錢的緣故。只是因為她獨來獨往慣了，早已失去了與群眾相處的能力，悲劇塑造出內斂的個性，早熟強化了她表面的冷漠，她的身邊至多維持一兩位可以說說體己話的朋友。就人際關係而言，她的成績表現是不及格的，而且還死當。

因此，錢算什麼呢？

素妍的存款簿裡多得是傷心的回憶。金額越大，她的傷口切割得也越深。但是她願意省吃簡用的活在父母的庇蔭下，她覺得這樣代表了一家人的精神仍然存在，陰陽兩界藉著帳簿依舊牽連。雖然她知道這永遠也無法消去她將一輩子孤身面對世界的現實。

俊為常對她說：

「我們是不缺錢的，何必苦自己？打理好一個家也不容易了，我在外面辛苦沒關係，回到舒舒服服的家，有老婆，有好吃的晚餐，對我來說更重要，這就是我對妳和對婚姻，唯一的要求。」

那孩子呢？

素妍怨恨生離死別，在她那樣的年紀就已經見識了命運的殘酷，實在是很辛苦。她希望這樣的苦，在她的身上結束，她可以是一位終結者，像一個句點，讓生和死都可以同時告一個段落，不會再有新的章節。

俊為在婚前也已經清楚明白的表明了自己的想法，他說：

「我很討厭小孩子，非常受不了他們。何況這個世界已經夠烏煙瘴氣的，大人自己都過得一塌糊塗，又何必製造更多的孩子來受這種苦。」

絕對不要。

俊為說得斬釘截鐵。

素妍不願，俊為不要，一切就都好說了。

俊為有三個哥哥，一個妹妹，傳宗接代的責任輪不到他來承擔。他的父母年輕時都留過洋，喝過洋墨水，對俊為和素妍的態度一向是尊重有加，完全不過問他們倆的私事。

婆婆曾經對素妍說道：

「需要幫忙時，我們都會在你們身邊。若不需要協助，我們絕對不會來打擾。」

就這樣，他們在二十五歲時結婚，在兩人都過了三十五歲生日的今年，在三千六百五十天的婚姻生活中，過著平靜無波的日子。這也算是頂客族吧，只是素妍並沒有工作，頂的是銀行的存款，而俊為一個人的薪水分量抵得過雙薪。而為了維持無子的狀態，素妍在婚姻的前五年，包括尚未結婚前的交往期間，採用口服避孕藥避孕。

她於每晚十點上床睡覺前，會打開床旁桌的抽屜，拿出二十一顆為週期的避孕藥，依著標示的星期服用二十一天，然後等著無需服藥的七天，讓失去作用的血液，從她的下體倉皇逃離。

在這一週，她會至超市買一包長達四十點五公分的超熟睡夜用的衛生棉，兩包二十三公分長的日用超薄衛生棉，如果剛好遇到打折，她可能會將二個月的份量一次買齊，但一定必須是立體防漏有翅膀的才可以。

這七天中，她總是昏昏欲睡，床頭散放著各式巧克力，躺在床上，盯著天花板，胡亂想著人生的目的。

素妍在婚姻的後五年，改用避孕貼。

她每一週用一片，在每一週的同一天更換貼片，每個月必須使用三片，在第四週時，經期會準時來臨。這省下了她睡前約三分鐘喝水服藥的時間，一年省下了約十三個小時，她拿這多出來的這八百多分鐘，躺在床上做踩腳踏車的運動，剛好可以稍微消耗了她吞食巧克力的熱量，試著維持二十四吋的腰身。有時候她會感到輕微的乳房脹痛、頭暈或噁心。她知道這是避孕貼的副作用，她願意忍受。

無論如何，總是比讓俊為使用保險套好。

她無法忍受的是等待俊為在他的生殖器官上放套子的那幾十秒，好像在等待婦科醫生戴上手套，準備將鴨嘴器放入她體內做子宮頸抹片的那段時間一樣。

任人宰割，還要花時間等對方準備刑具。

斯可忍，孰不可忍，這是素妍對性生活的偏執。俊為也樂得讓她去執行避孕的工作，他自己也覺得使用保險套好像被掐住脖子一樣。

總之，不管是前五年也好，或後五年也好，俊為大概每週一至二天的早晨會進入她的體內報到。從開始動作到射精離開，大約都維持一百二十秒，進出抽動平均約八十下。

日子就是這樣一成不變的輪迴，像使用避孕藥一樣。

俊為又上班去了。
這個家，在每天的同一個時候，完完全全的屬於她。
可是，今天她站在沙發旁邊，雙手環抱胸前，好像站在一個全然陌生的環境。
她環顧這個讓她曾經滿心歡喜進住的窩，今天卻失去了所有的光彩。

這棟座落在高級住宅區靜巷裡的三層樓房是由俊為的父母幫忙付了頭期款，當作是結婚賀禮所買下的。附近沒有高樓大廈，這一區全是透天豪宅，人行道旁的美人樹，枝葉茂盛，一年四季盡責的吐納呼吸，提供養氣。玄關旁種植了一些不知名的盆景，探出淡粉色的花朵，微微的香氣，讓素妍每次經過，總是不禁深吸一口氣。社區的男性警衛西裝筆挺，溫和有禮的向每一位過往的住戶招呼，每當她經過大廳後，她常常感到他們的眼神仍在她的背後，她裝作不知道，但是這樣的感覺，總是讓她不自覺的抬頭挺胸，心中一熱。

大廳正中央的玻璃桌面上擺著巨大的盆景，有迎賓的意味，或是因為風水的原因吧，許多這樣的建築物，總要在大廳放盆植物什麼的。她不太認得這些花花草草的名字，只覺得紅花太多，過分喜氣，倒顯得做作，好像故意要襯托出這兒的不平凡似，讓人感到俗豔。

這樣的一個家，羨煞了多少她的朋友們呢。

素妍並不是不明白自己的幸運，但是如果婚姻加上豪宅等於快樂，那麼這個世界上便無戲可看了，不會有這麼多的文學小說和電影戲劇，試圖刻劃人生。素妍也不會突然在這一天對這個家感到陌生，然後突然的做出驚天動地的決定。

5．雨中的歌聲

這一天，像往常，又是一個太陽從東邊升起的日子。雙人床上躺著素妍單薄的身軀，俊為到底是已經去上班了，還是昨天晚上並沒有回來，她也搞不清楚。她已經不太在乎這樣的事了，雖然她實在不知道這到底是好，還是不好。

這樣的過每一天，好像是理所當然。床旁桌上的鐘發出細微的滴答聲響，秒針奔跑的速度常讓她暗暗心驚，她很不喜歡這款俊為買的紅色鬧鐘。剛結婚時，俊為總得讓鬧鐘響徹雲霄後才能醒來，有時素妍為了體貼他，在鬧鐘一響時，立刻按下停止鍵。她會至廚房泡好咖啡，端到床旁，輕聲喚醒俊為，然後咖啡的香氣和新婚的喜氣攪和在一起，臥房頓時風光旖旎，秒針奔跑的速度漸緩，最後幾乎至停步。

她已經不記得是從什麼時候開始俊為不再需要鬧鐘了。

她也不再早起煮咖啡給他喝。

秒針又回復了原來的奔速，甚至比以前更快，素妍一點兒辦法也沒有，她無法對抗時光的速度，連試著跟上半步都辦不到。

素妍起床時，喜歡呼吸著清晨的涼氣，通常這時候的空氣似乎特別稀薄，涼涼的新鮮味兒，她總是不由自主的深深吸著，藉此趕走她的睡意。但是今天的空氣中，似乎散發著僵硬的塊狀氣體，流動中彼此碰撞，尖銳的撞擊聲直擊心底，耳朵聽不見，但她的心跳加速，血液奔流。

人生就是這樣，在某一些時刻，心底會浮現一些莫名其妙的東西，那些東西常常是曾經渴望的，卻沒有機會得到。或者是，你不曾想望過，但其實是因為壓抑住了，你以為它並不存在。然而有一天，它會跑出來，讓你恍然，不一定能大悟，但肯定是一個契機，讓你終於開始認識自己。

素妍一邊因為心跳加速感到迷糊，一邊胡亂想著往事。她看著一手佈置，費心整理的家。窗明几淨，任何一個角落都是一塵不染。挑高的樑柱，氣派不凡。客廳面向馬路的大片落地窗，將陽光全數攬進，亮晃晃的好像走進夏天的序幕裡。第一次來看這房子，她就被那光線給迷惑了。但是住在這兒不過數年，她竟覺得好像過了數個世紀，連光線也老了，即使照在她的身上，也提撥不起她曾有的能量。那個年輕的身體應該充滿的能量，已經在不知不覺中消失了。

此刻的她頹坐在沙發上，從窗戶望出去的台北天空，清亮明潔，雖然不見太陽，但是到處透著光，輝輝茫茫。遠端的雲朵竟染著奇異的光采，似橘帶藍，像隨意潑灑的粉彩。

她凝望著藍天，竟不敢相信台北也有這樣的天空。轉念一想，昨天晚上新聞報導，有輕度颱風逼近，這外圍環流無聲無息的飄進素妍的心眼，洗淨她眼前的視野。

她起身，隨手拿出了一件白色襯衫，黑色長裙，迅速更衣完畢。在不應該出門的時間出門，她並不知道，這一跨出去，命運從此有了巨大的變化，迎接她的是完全不可預料的未來。

素妍出門時已接近上午十一點，她毫無目標的走在馬路上，騎樓下的咖啡館散發著的慵懶的香氣，瀰漫在人行道上，她放慢腳步，從落地窗內陌生客的瞳孔裡，反射出她孤獨的身影。

她突然忘記了自己的過去，想不起現在正經歷的事情，記憶呈現膠著狀態，努力回顧的只是一片空白。

只有那流盪在空氣中的咖啡香，似有若無的輕撫著她無依的心，提醒她無論如何要保持清醒。

她想到曾經讀過的一本小說，劇情裡其中一段讓她印象深刻。男女主角是接受心理諮商的夫妻，治療師請他們各自寫下從未讓另一半知道的重要秘密。寫好後放入信封內，交給對方保管，而對方絕對不能打開來看，用這樣的方法來考驗對彼此的信任。男主角卻按捺不住好奇與窺視妻子秘密的刺激，一拿到隱藏著秘密的信封，立刻在洗手間用顫抖的手將它給拆開了，拆開後，一邊讀，一邊流淚，接著他激動的撕毀信紙，碎紙片一張張的掉落在水槽裡，他轉開水龍頭企圖沖洗掉它們。

素妍記得故事到這裡便結束了，也不知道到底是什麼秘密。或是說，不管秘密是什麼，都不重要了，他拆了信，什麼也沒有了。

如果是素妍，她要寫下來的秘密會是什麼？

是她曾經看到了一隻失去了影子的黑貓，在她失去自己的那一夜嗎？

是她後悔沒有設定好秘密花園的入口密碼嗎？

是她想要在家中種滿扶桑，回想著和初戀情人的親吻嗎？

是她不願走入無邊無際，重複無味的兩人生活嗎？

是她原來都無法忍受的飯前洗手，飯後漱口嗎？

這也算是秘密嗎？

她想喊叫，想在某些清早俊為的抽動下，用力甩開他的身體，將他從窗戶擲出去。

她想找回那扶桑的花香，留在她唇上如露珠般晶瑩的吻。

她喜歡想像警衛貪渴的眼神，在她身後游走。

她的秘密是，生活總總都不出她意料的平順和理所當然，她想撕毀一切。

> 那隻鳥在掙扎著要從蛋中解脫出來，那個蛋就是這個世界。誰想要誕生，就一定首先要毀滅一個世界。
>
> 我只是想要努力生活得與我真正的自我之中來得一些啟示相一致而已，為什麼會這樣艱難呢？
>
> 那使你飛行的原動力是我們偉大的人類財產，每一個人都有這份財產，它是與力量的根相連結的感覺。不過人類很快又害怕起這種感覺來，那就是為什麼大多數的人都扔掉他們的翅膀，而寧願在地上行走，並且安份守法。
>
> ——赫塞，《徬徨少年時》

多麼熟悉的詞語，在一個無聊的散步中，突然竄入她已近僵硬的靈魂。像一株在森林大火後，浩劫餘生的樹苗，終於等到了第一場春雨。雨滴滲進泥土，滋潤了它乾涸的莖根。它的微小葉片豐澤起來，突然憶起自己仍然挺立於天地間，於是熱烈開展它的葉片，好教數十里外的蜂鳥都聽得到它的甦醒，森林的生命得以復原。

她特意走進書店，隨意翻看了架上的旅遊書籍。一張在恆河岸邊的圖片吸引了她的目光。她看到河邊有許多梳洗沐浴的印度人民面向陽光，恆河的水印著金黃的光芒，灑落在每一張虔誠的面龐上。朦朧中，這些人們似乎都化身成為一尊尊廟裡的慈悲菩薩，頂著香火看著人間的悲歡年月。

過度的文明已經腐蝕人心，妳不知道嗎？

肉身終將腐朽，妳不知道嗎？

她想起扶桑花，想到自己如行屍般的肉體，她害怕那一點兒火苗，終將熄滅，她想護住它。

她想望一處柴房，供她恣意燃燒。

她想起火焰。

學生時代，她喜歡露營的唯一理由便是因為營火晚會。晚會中飛舞的焰火，緊緊包裹著木材堆，將木材啃食殆盡，發出炫麗的火光，那火光多麼迷人哪，讓她深深的著迷。那樣激烈，狂野不安，充滿著情意，在火堆旁感受火花的熱度，聽著木材發出如呻吟般的低語，素妍的心隨著火焰舞著，舞到天明，好像經歷了一場潛意識的歡愛。

就這樣，走走停停，思緒混雜。一會兒高興，一會兒心傷。

一瞬間腦中一片空白，下一秒鐘，卻是一輩子的記憶如快速轉動的黑白幻燈片，雜沓紛擾，來勢洶洶。

等她走出書店，才注意到天空已佈滿灰雲，天色陡然間暗了下來。好像地球突然加快了自轉的腳步，為的是要讓她遇見生命中的一場意外。

她獨自往公車站牌走去，沒想到才走不到五公尺，豆大的雨點傾盆而下。眼前沒有可供避雨的騎樓，只有筆直的紅磚道延伸至下一個路口。雨勢來得急躁，滂沱中，幾乎看不清前路。她覺得跑也沒用，慢走也不是，躲也躲不掉。就是在這樣一個令人沮喪的雨中，她聽到在她的身後，遠遠傳來了歌聲。

「嘩啦啦啦啦下雨了，看到大家都在跑。叭叭叭叭叭計程車，他們的生意是特別好……」

素妍心裡驚異，這當下居然還有人有心情唱歌。她只覺得這歌聲稱不上悅耳，但自在瀟灑，使她忍不住放慢腳步。慢慢的歌聲越來越近，到她身後時，她聽到他說：

「妳有錢坐不到……嗨！雨中散步嗎？」

她一驚回頭，見到一位全身濕透的男孩子，雙手插在口袋裡，一副好整以暇的模樣，昂著頭，雨滴順著他的頭髮一路流下來，白襯衫貼在他年輕的胸膛，修飾出健美的身軀，他對著她笑，笑容足可以讓灰樸的天都為他放晴的程度。素妍的眼鏡鏡片上佈滿珠水，依稀看出他有一對濃眉，像羽翼飛揚。他跋扈的姿態簡直是招了素妍的魂兒了。他的眉宇秀挺，有張清俊的臉龐，及肩的長髮襯出了他的不俗。她一時說不出話來，縮著身體，緊緊抱著懷中的手提包，心中的小鹿橫衝直撞。他對素妍說完話，看著她的臉，然後眼神打量著她的身體，好像充滿好奇心似的等她回答。

一陣風起，素妍拉緊衣裙，不敢看他。他等不到她的回話，聳一聳肩，嘴角微揚，充滿笑意，接著轉身離開，還是昂首闊步般地，好像擺明了要和這場雨耗上了。她忍不住多看他一眼，還在琢磨著該說什麼，他已經彎進了一條巷子，素妍突然覺得非常失望，整個人頓時失了精神，待在原地看著他的背影。

雨滴簡直像發了狂，不但滴在素妍的身上，也狂亂地敲在她的心上了。

她的血夜再度迅速奔流，好像要對抗著雨滴的不可理喻，心頭開始溫熱。她的雙腳釘住了地面，任流水橫越她的腳跟，濕透了她裸露的足踝，她竟然沒有辦法離開，好像在等他回頭一樣，沒想到他卻真的回頭對著素妍招手，叫她跟著他。他揚起手掌揮動的姿態，好像在叫一個老朋友，好像他們兩人才剛一道出遊，在返家的路上，素妍不過是步伐慢了些，沒跟上他似的。

他，居然對她招手。

素妍的站牌就在紅綠燈的另一邊，她站在斑馬線前，望著他頎長的身影在巷子的雨中等她。

喜歡上一個人，有時候是沒來由的罷。

像他以這樣的姿態走在雨中，對素妍而言，竟有石破天驚的效果，加上他隨意清唱，蹦跳的音符，像是在透明的醇酒裡，攪入了青春的信仰，讓情竇初開，讓她有了依歸的方向。

然而，她還是站在雨中，雙手環抱胸前，她的四肢冰冷，全身繃得緊緊的，內心卻已是極度火燙。

眼前這位陌生的男子，莫名的撩起了她的情慾，雖然當時她並不確定自己要的是什麼。她一向是害羞乖順的，她可以立刻過馬路，搭上回家的公車，在公車上看窗外雨中的人生，看著行人匆匆的腳步，踏著屬於正規的步伐。

她只要跨過斑馬線，生活將無波無浪。

這一天，不過是像一年三百六十五天中的任何一天，她一樣可以在傍晚前回到有烤箱、冰箱和洗碗機的廚房，她會在餐廳給自己泡上一杯烏龍茶，打開音響，放上Nora Jones的CD，聽她婉轉柔美的歌聲，一邊輕扭肢體，然後開始準備烹煮晚餐。也許俊為會回家用餐，但是大部分的情況下，他會告訴她，他必須留下來開會，他會叫她自己先吃，不要等他。然後，她還是可以像週一到週日的每個晚上一樣，自己煮，自己吃，吃飽之後坐在電腦前，手掌輕柔地握著滑鼠，好像滑鼠是自己珍愛的寵物。

她總是盯著Youtube，讓一個短片接著一個短片，連續數個鐘頭，鑽入她的眼瞳中。好像患著煙癮的人，一根接著一根，連結不斷的抽著無味的香煙，只是因為習慣那樣的煙霧。

她會繼續看著電腦的螢幕，一會兒笑，一會兒哭。然後九點半準時刷牙更衣，上床睡覺。俊為可能會在深夜十二點前回到家，然後，可能在隔天的早晨，進入到她的體內，釋放出無數的，找不到卵子的精子，她會在精子游動的同時，繼續讓自己的臉朝向窗外。

有時後她會想著，不知道自己的身體有沒有「有效日期」？但可以確定的是，她的身體已經在多年前的濕熱夜晚被拆封了。還好她的肉身並不需要置於冰箱冷藏，也不怕陽光直射或潮濕的地方，至於會不會變質，她並不敢保證。

誰能給她保證？

保證書要寄給誰？

購買的店章應該是由俊為蓋的嗎？

有沒有需要盡速使用完畢？

她的身體，如果有「有效日期」，她自己想要盡速使用完畢，趁著新鮮，充滿光澤的時候，趁著美味還未消失，趁著她的肉身仍具彈性，尚未鬆弛，她要在陽光下，在冰原上，在保存期限中，發揮最大的能量。

於是，她跨出步伐，慢慢的跟上他。

她突然想跟著眼前這個男人，到山涯海濱，她要跟著他，走到世界的盡頭。

6・賞味期限

雨滴仍以驚人的力量敲擊在每一個人的心上。

空氣中的水氣充塞在四周，大量的雨水潔淨了原本街道上的污煙，沖刷去罪惡的顧慮，替素妍的前路舖上了純粹的意念。

他在一棟老舊的平房停步，離巷口並不遠，當素妍跟在他的身後時，他並沒有回頭看她，好像素妍跟在他的身邊是理所當然的，這點讓素妍全身顫抖，分不清是因為太過濕冷，還是因為太過激動。

他掏出鑰匙的動作非常俐落，幾乎可以說是達到精準的完美動作。不像素妍，用了多年一模一樣的鑰匙，在開門的時候，還是得再看清楚是哪一支。插進鎖孔時，左右方位還常會搞錯。這第一個動作，便讓素妍無端地欣賞了他。她跟他進屋內，他將鑰匙往桌上丟去，回頭，他拿下她的眼鏡，輕放在門邊的鞋櫃上。

一定要為自己活一次。

讓理智靠邊站，讓身體掌回大權。

讓風雨成全脫序的想像。

讓明天的陽光告訴她，她也曾任性地活過。

素妍的身體有復活的機會……

素妍也完全凍結了。

眼前的陌生男子，和她面對面，他伸手抱住了她。素妍任他抱著，兩人就這樣濕漉漉的彼此貼著取暖，聽著彼此喘息的聲音。他輕輕的讓手指頭順著她的脊椎，一步一步的撫摸著她的背脊。她感受到他身體的溫暖，她將臉頰貼著他的胸膛，傾聽他的心跳。

他的心跳聲，像來自遠古的戰鼓聲，素妍想像著戰場上的激昂氛圍，她的熱血跟著沸騰。她專心的聽著，因此他停止了手的動作，等素妍的回應。她抬起頭來，伸出雙臂，緊緊的抱住他。她的回應，讓空氣的流動開始有了聲音，從四面八方籠罩了素妍的魂。

她的魂幾乎要出了竅，但是被他的肉身包圍住，只能在她的體內四處衝撞。

這時，他突然將她推向牆壁，用嘴唇封住了她。她感到他的舌尖在探索，她試著也用舌尖碰觸他，兩舌交結，素妍的魂透過了口內的津液，進入了他的身體。接著，他用全身的力量頂住了她，讓她動彈不得，他開始解開她衣衫的鈕扣，露出了她的胸部。他看著她，輕輕吻她的雙眼，素妍明白他在等她下達通行令。她突然感激他，如果她要回頭離開他，她知道他不會阻止的。她可以感覺得到，他是一位溫柔的男人，而且，他懂得女人。

素妍並不想離開。

她全身都在燃燒，身體內沉寂已久的某一樣東西似乎開始呼吸，她復活了，身體內消失的那一塊即將被眼前的男子尋回，她知道，她有信心，她的直覺讓她對肉體產生了敬畏。

於是，素妍解下了自己的胸罩，將白晳的乳房挺向他，他的眼神閃出光亮，開始用舌尖舔著她的乳頭。他先是圍著乳頭劃著圈，她感到身體酥軟，然後他雙手捧著乳房，開始輪流吸吮她的乳頭。她的身體一陣顫動，下體開始感到灼熱，這股熱流讓她下身麻癢，她覺得要暈過去了，手腳酸軟無力。他趁勢將她壓倒在地板上，這時素妍開始呻吟，他立刻再吻她的唇，他的舌尖在她微啟的紅唇裡恣意滑動。她感到身體已經完全不是她的了，她從來不知道自己的身體竟能有這樣如火焚燒般的反應。他吻到她已喘不過氣來，急促的呼吸似乎可以隨時停止的地步，他的嘴唇往下游移至素妍的下身，他褪下她的內褲，將頭埋在她的雙腿中。她感到他柔軟的舌頭舔著她的陰蒂，接著伸進她的陰道口，柔軟的舌頭挑動了她全身的細胞，她聽得到他吸吮的聲音，好像幾乎蓋過了窗外的雨聲。她不自覺的開始扭動身體，試著用手推開他的頭。但是當她的手摸到他濃密的髮絲時，竟像觸電了似，他用餘光看了她一眼，見她弓起身體，而他的口裡已吸飽了蜜汁。

他將嘴唇湊到她的耳旁說：

「妳要我戴保險套嗎？」

素妍簡直暈了，呢喃般，回道：

「我不會懷孕的，不用擔心。你……你……健康嗎？」

他微笑，也像在囈語，說道：

「沒問題，品質保證。」

她笑了，抱緊他，當他挺進她的體內時，她發出了尖銳的呻吟，她任他在她的體內翻動著陽具，頂到她的最深處，他在抽動的同時，雙手揉捏著她的乳房，不時輕咬乳頭，在他射精的同時，素妍自己竟也是一片濕潤。

原來，她也能夠濕潤。

濕潤的感覺是多麼的美好。

像窗戶外的大雨淋漓，像雨滴擊打窗玻璃，像午後的他進入了素妍的秘密花園，將風雨都帶了進去，讓她躺在地球上，可以清楚的感到地球的自轉，讓她暈眩迷離。

結束了，他仍在她的體內，素妍全身虛脫，連說話的力氣也沒有了。

他緊緊的擁抱著她，撫摸她的頭髮，輕聲問道：

「妳還好嗎？」

素妍的淚水滑下，他吻去她的淚，將她抱的更緊，他說：

「妳不要擔心，我會陪妳。」

她又再哭了，哽咽著說：

「我不是擔心或害怕，我覺得好舒服，我好喜歡。」

說完，一邊笑，一邊又掉淚。

他深深的吻著她，然後說道：

「我喜歡妳。」

他用雙手捧住她的臉，讓她無法逃脫。他深深的親吻著她，像天長地久的吻，像對待新婚妻子一樣，而素妍覺得自己似乎才剛過了洞房花燭夜。

他們就這樣相擁著。

7·解放

第二天已經不像是平常的第二天了。

如果以昨日午後的那一場大雨算是第一天，今天，無疑的，和三十五歲前的素妍，所過的每一個日子都完全的不一樣了。她已經不是一個單純的家庭主婦，一個平凡的中年女子，她的身體有了另一人的痕跡，這讓她的世界為之改變。這個人留下的痕跡刻在她的腦海裡，而經由腦細胞的傳送，她的血液開始有了流動的聲音。好像河流的污泥經過澄清，原本流勢緩慢的河水，有了潺潺的力量。她的血液不時的流向她的下身，讓她全身的神經細胞好像都變得敏感了，她想他，她的身體想要他。她什麼都可以不要，但是她想和他在一起。此刻的自己，已經超越了她自己的想像。

一早，送走了俊為，素妍卸下了睡衣褲，緩步走進浴室。緩緩的走，代表慎重的意味。她站在蓮蓬頭下仔細清潔身上的每一吋肌膚，確定每一個毛細孔都沾染了麝香沐浴乳的味道，她搓揉著自己的乳房，輕輕撥弄著乳頭，突然便硬挺了，她們像耍著脾氣，嘟著嘴，想吃糖的頑皮孩子，惱得人心煩。

沖完澡，她特地挑了一件淡藍色的洋裝，V字領，可以露出她姣好的胸部。至於胸罩和內褲，她一向沒有幾件，不是米白色，便是深藍色，從來不覺得它們重要，現在才感到衣要穿時方恨少。

秋末的下午有一股慵懶的氣息。太陽沒有那麼執著的發射光芒，較盛夏時收斂了些，但也不是全然的溫和，只是暫時的讓人們不那麼喊熱，讓疾走在馬路上的素妍，不需要撐起洋傘，可以假裝從容不迫，有一點點喘息的機會。

她往那條巷弄走去。

她怎麼記得路呢？

經過那樣的事怎麼能不記得？

路名、路段、路號，在滂沱大雨中，在素妍的眼皮前端，自動跳躍出來。巷口的老樹枝椏茂密，樹枝的形狀已經深印在她的腦海裡，好像她是看著那棵樹長大似的。巷弄的水泥路面有三個凹處，如果從巷口走到他家，剛好分別在第五步，第七步，和第二十六步的地方。

他家，他們結合的處所，在第四十七步。

素妍走到快接近巷口時，突然一陣涼氣瞬間灌入她的胸膛，她心口一縮，多年來的心事如潮水般湧入，她停下腳步，在騎樓不知站了多久，直到一輛公車停在旁邊，排放出的廢氣讓她咳了幾聲，然後像回到塵世般，她又從來路走回去，她的耳邊響起另一個聲音，這個聲音告訴她，應該要回家。

她逼迫自己撐下去，慢慢的，心的狂跳跟上了呼吸，而呼吸跟上了嘆息。喔，不，已經不像嘆息的聲音，倒像是風的歌聲，緩慢的解放了她身體的苦悶。

她幾乎是快跑著，希望能在改變主意前，已經回到家。然而，她終於是一身汗濕了，經過便利商店時，順路進去買了一罐運動飲料，她邊走邊喝，灌下去的冰涼的液體順著食道，直達腸胃，卻似乎無法澆熄她下腹部的火焰。她竟又回轉方向，再往那條巷弄的方向邁著步伐。

這整件事情後來發展得太快，以至於事後回想起這一天發生的事，素妍覺得自己好像是在看影碟時，不小心按到了快轉鍵，所以只看到人影晃動，卻不清楚情節內容。

素妍站在他家的門口。

她氣喘吁吁。

她的眼裡閃著光。

她用顫抖的手指頭按下門鈴。

他來開門時，瞇著笑眼，溫柔的望著她，好像他一直就站在門後等她。

他執起她的手，輕輕的拉著她進門。她讓他牽著自己，走進客廳坐下。她這才注意到他家的隔局。映入眼簾的是開闊的空間，客廳前方有一張雙人床，靠著牆壁。床旁邊緊鄰著窗戶，但是窗戶並不大，光線進來的姿態就顯得拘謹了些。廚房在右角，書桌，書櫃，雜物，每一樣都攤在眼前。住在這兒的人好像不需要一個躲避的角落，來來去去，都是空間，雖然看來不到二十坪。不像素妍的家，百萬裝潢下多得是隱藏的櫥櫃，各自的空間都像是消失的密室，沒有交集。大是大了幾倍，空洞也是空洞了幾倍。

此刻，坐在他的家，素妍的心激烈的跳動著。

這是一張咖啡色的布沙發，看得出年代久遠，布料的色澤褪成淡棕色。沙發的一角散放著雜誌和書籍，他從廚房走向她，端著兩杯紅酒，一杯拿給她。他在素妍的身邊坐下，自己喝了一口後，將杯子放在茶几上，靜靜的望著她，一手輕撫她的頭髮。

素妍的頭腦一片空白，她幾乎不敢直視他的目光，但是她還是注意到他將頭髮紮起來了，臉龐顯得更加秀氣。但又不是女孩兒樣的秀氣，是帶著一種溫柔的情意，好像是成長在眾多姐妹家的男孩兒，少了霸氣，卻因為和女子日日相處，培養出了可以洞悉她們的心事的能力。

素妍猛然的舉起酒杯，一飲而盡。在他還沒開口之前，她不知哪兒來的勇氣，傾身向前，抱住他，仰起頭，狂亂的親吻他的雙唇，他的面頰，他的頸項。

素妍激昂的感情多少含有衝動的意味，但是它飽滿，毫不畏縮。

它也是壓抑的，正不安的試著尋求解放的出口。

他們坐在沙發上。他已順勢壓住她的下半身。她卻突然捶打他的胸膛，她自己並不知道氣的是什麼，總是有點火，因為他，她管不住自己。他任她發洩怨怒，等素妍終於停手，他的手伸向她的背後，拉下洋裝的拉鍊，褪下她的衣服，解開她的束縛。

順序是穩當的，連呼吸也有條不紊。這帶動了素妍的心，覺得這一切都成了天經地義，她一下子便完全的放棄了。

他一邊揉捏她的乳房，一邊親吻著她。他吻著她的唇，鼻，眼，吻著她的耳朵，讓她忍不住呻吟。他知道了她的弱點，他將舌尖深入她的耳內，這讓素妍全身像電流通過，混身顫抖。她從來都不知道自己的耳朵也是身體電源的開關之一。她感到自己在發抖，他的呼吸吞吐在她的耳內，溫熱的氣息讓她的手掌開始退冰。她試著撫摸他的背，她的指頭也放膽地沿著他的脊椎關節一個一個按下去，直到他的尾椎，她感到他的熱氣陡然增溫，幾近沸騰。他的舌頭繼續舔她耳朵，他的手卻開始往下伸進她的內褲，右手中指緩緩的滑入她的陰道。她可以感到自己的下體早已濕潤，在他的指頭滑進時，她拱起腰身，他左手環住她的腰，指頭開始動作，這時他的唇離開她的耳朵，轉向她豐美的胸部。他吸著她的乳頭，像是一位滿足的孩子。他的指頭在她的密道裡，似乎在尋找另一個電源的開關，他知道那是總電源，可以讓他懷裡的女子達到慾愛的高潮。素妍已不自覺順著他的指頭扭動下身，突然，他的指頭摸到了它，素妍全身抖動，發出呻吟，接著茂密的花園似乎經歷了場急雨，一片濕潤。

達到高潮後的素妍，緊緊抱住了他。她此生至此才知道，原來俊為進出多少次的密道裡，竟藏有這麼重大的秘密。這時候，他知道懷裡的素妍已經做好了準備，他要聽到她呼喚他的聲音。她的身體已經全部敞開，他的手指離開了她的下身，轉而撫摸她的背脊，他一邊專心的親吻著她，一邊褪下自己的褲子。她喘著氣，閉上眼睛，好像在夢幻裡。

這個夢境，帶給她全然的放鬆和緊迫，全然的愉悅和痛苦。

她的肉體在他的撫觸下像久旱的沙漠，終於在雨季得到了渴望已久的甘霖。她知道這一切都是錯的，但是她不知道為什麼俊為從來沒有能這樣讓她感到被強烈的需要。他甚至是不太吻她的，他討厭一切濕黏的觸感，是因為這樣，他也從不親吻她的下身嗎？

他吻著她的乳房，一邊在她耳邊稱讚她性感美麗的驅體，她感到他膨脹的慾望壓迫著她，他的唇緊貼著她的耳，他呼出一口熱氣，輕輕的問她：

「妳要我嗎？」

因為是輕輕的說話，語言像風一樣飄散在這充滿慾念的老屋裡，鑽入了木頭的細縫中，好像連帶著整個老屋都在低語了，肉身因此被挑動、膨脹、擴大，像顯微鏡下的細胞不斷的分裂，將他變成了一個碩大無比的巨人，像是一尊在荒郊野外赫然發現的千年銅像，渴望被凡人的溫暖身體擁吻後得以還原至當初的肉身。

素妍說不出口，他的手指又再度下滑撫摸她的陰蒂時，她開始急喘，在他的指頭即將再度進入她的陰道時，她呻吟道：

「我要你。」

我要你，素妍此生第一次對男子說出的這樣的話。這樣直接，毫不掩飾，暴露了自己的渴望，忘記了羞恥，拋卻了矜持。

我要感受那天雷，我要點燃身體的慾火。

我要在肉身腐朽前知道自己擁有什麼樣的能量。

素妍的心在吶喊。

他毫不遲疑，挺進了她的肉身，她拱起身配合他的結合，感到前所未有的激動。他在要射精前，柔聲詢問她是否也將達到高潮，素妍點頭，然後彼此的動作像火山爆發的瞬間，火焰直衝天際，她和他齊聲呻吟，老屋好像震動了，天花板好像唏哩嘩啦的灑落了一片灰塵。

他們雙雙攤軟在沙發上。

像上次一樣，他並沒有立刻離開她。

不像俊為，在他自己的高潮過後，立刻至浴室沖洗，好像做了一件骯髒的事。至於素妍，她從來都不知道所謂的高潮的感覺是什麼。直到在雨中與他的相會，又直到今天。

他繼續親吻她，望著她的眼神充滿愛憐，素妍閉上眼睛，不敢讓她窺探到她滿足的眼神。他的雙手撫摸她的上身，嘴唇貼著她地耳邊說道：

「妳是一位美麗的女人。」

素妍可以輕易的感到他仍在她的體內，她不知道這條秘道竟暗藏了這麼多的神經，可以輕易地感受到身體的點點滴滴。

她沒有望向窗戶。

她想像自己正在汪洋中浮沉，像回到了生命最初的母體內，天地無聲。

8．繁花似錦，鳥語水鳴

第三天的下午，當素妍去找他時，他已經站在門口等她了。他們沒有約定時間，但是當過了午時，氣溫開始回升時，心便飄在空中了。

他依舊是白色襯衫和洗得泛白的牛仔褲。他仍將頭髮紮在腦後，一段小馬尾垂在後肩。素妍終於在此刻，白花花的陽光下，仔細的端詳眼前這位和她有著親密關係的陌生男子。她一直不敢直視他，因為他有一雙想像不到深遠黑瞳，素妍總覺得那對眼睛可以將她吞噬。雖然被他吞噬的感受是微妙的，但是她還不想完全失去控制。他的體型並不算高，但是身材勻稱，胸膛飽滿，她注意到他在牛仔褲拉鏈下的部分，微微隆起，只是這樣的景像，就足以讓素妍渾身的穴道頓時封閉似的。

啊，是眼前這個人帶她走入了不醒的夢境。

她連他的名字都不知道。

她不想打破了他們之間完全熟捻，卻又完全陌生的感覺。

他迎向她，執起她的手，走到路邊一輛藍色的轎車旁，讓她上車。她並沒有問他要去什麼地方。她只是斜睨身旁那對臂膀，想像著他是她的羽翼，他可以帶她凌空飛翔，她想像著俯瞰大地的感覺，進入飄逸逍遙的境界。

能飛的感覺是甚麼？

有風，有翅膀，素妍的心要安置在何方？

她願意跟著他，不論去什麼地方。

車子飛馳在熱鬧的市區，似乎要逃離這一切現實的殘酷。

她並不認識他，卻將自己交給了他，全心全意的。這讓她顫抖，讓她狂喜，讓她的肉身因為他而復活後，感到強烈的悲哀。

她開始哭泣，淚水像溪水暴漲，瞬間衝破堤防，潰決後的是無可抑制的哀傷。

她到此刻才知道自己有多麼不快樂，那是在很久以前就完全支離破碎的了。

她是這樣一個平凡的女人，從來都是穩穩當當的走在人生的道路上。雖然父母早逝，但是她的國小、國中、高中和大學，一路順遂。直到交男朋友、結識俊為、結婚、住在高級住宅區，都是衣食無缺的。

她沒有孩子，沒有興趣。

她每天讓自己活得像上了發條的機器人，盡責的讓這個空洞的家保持原狀。

俊為不是不愛她，但是她相信他更愛的是工作。

他在外面有沒有別的女人，這一點她並不清楚。

或即使有別的女人，她真的在乎嗎？

他永遠都在辦公室、聚餐或在健身房。

俊為也曾多次邀著素妍加入他的社交圈，但是她完全提不起興趣。

和大家說什麼呢？

工作和家庭？

有了孩子的人，動不動便向別人狂吐孩子經，她是避之唯恐不及。

天下的父母好像認為人人都會對自己的孩子感到無比的興趣。孩子讀什麼學校，功課怎麼樣，做了什麼事，上了什麼才藝課，長得多高，長得多美多可愛多聰明多乖巧哪，點點滴滴都視為每日的頭條新聞，抓到了聽眾，便會鉅細無遺的一一報告。素妍覺得悲哀，覺得這些可憐的父母，一輩子永遠脫離不了兒女的心腸。面對這樣的狀況，她會想起自己早逝的父母，難道她也曾經佔據了他們所有的生活嗎？她但願答案是否定的，她希望在她父母的生命中，她只是個過客，或者是父母只是她生命裡的過客，她誰也不想虧欠。

沒有孩子的家庭，在她這樣已婚的年紀是不多了，過三望四，隨時都得面對著容顏老去的折磨。除了談老公的薪水職位，還能談什麼呢？不然就是對老公身邊的正妹們亮出刺蝟般的優雅，風吹草動，都要隨時掌握最新狀況。為了能將先生們的目光留在自己的身上，討論的話題也脫離不開流行服飾、保養和美容、養身節食等，種種的努力，不過是試圖在歲月行進的單行道上多設幾盞交通號誌燈，最好是一路大紅路燈高高亮，綠燈永遠故障。

素妍不喜歡面臨狀況。

所謂狀況就是在這個城市裡戴上面具。

厭惡的，假裝喜歡；飢餓的，假裝飽足。

人際網絡充斥著敷衍的應對，甚至到無聊的地步。像素妍的婚姻一樣，她們怎麼可以羨慕她呢？

但是這些貴婦們口中倒都是羨慕素妍的，講得跟真的一樣。

她們微笑著說：

「妳們家俊為一副正人君子的，對於身邊的美眉們似乎從來都不瞧一眼呢！一天到晚在公司加班，妳真的很幸運。」

素妍心裡嗔怒著：

「我幸運嗎？他對妻子的興趣，僅止於晨間運動。這就是我的福氣嗎？妳們喜歡，我把他送給妳們。」

她們又抿著嘴，撒嬌似的說：

「不是我們說妳，人在福中要知福，打著燈籠也找不到像俊為這麼認真工作的人了，有錢有權，妳這輩子都不用擔心了。」

素妍猜想，即使是如花花公子雜誌裡的模特兒，穿著輕薄的衣衫，在他眼前熱舞，俊為也許仍然可以不動如山的和同事討論股市行情、全球的經濟走向、基金的買賣運作，而且還眉飛色舞。她想，也許有些男人的確是這樣的，床第之事不過是日常生活的一部分，它既不崇高，也不低下，但是又是那麼不可或缺的一件瑣事。

就好比是洗衣服吧。

有的人將洗衣籃裡的髒衣服全部丟進洗衣機，按了啟動開關，就算了事。

講究一點的人，可能會將衣服依深淺顏色分類，或將內衣內褲分開洗。

有些人會特意的加些衣物柔軟精，讓衣服散發芬香，觸感柔順。

也有些人喜歡加一些增艷劑或漂白劑，對於衣服的顏色有較嚴謹的要求。

俊為就是那第一種將所有衣服丟進滾筒內，按了啟動開關便一走了之的人。

他甚至是可以忘記要放洗衣精的。

像房事一樣。

但是，全世界的人都說他的好，尤其是從女人們的口中，更讓俊為像頂著冠冕，走在人群中，金光閃耀，連帶著讓素妍躲也躲不掉。

但這是她想要的嗎？

她可以不要嗎？

她可以因為他的千篇一律而休了他嗎？

但是，和他相處的這十年來，她難道真的百分之百的瞭解他嗎？

她連自己的肉身也不瞭解。

其實，她不是沒試過。

在素妍走出軌道的第二天的清晨，她趕在俊為醒來前，已經先梳妝一番。她清潔全身上下的每一吋肌膚，尤其是下身，她用蓮蓬頭沖洗了無數次，想到在老屋中的他，曾經探訪的優美境地，他是這麼對她說的。她感到下身灼燙，即使是用冰涼的水仍然無法澆息這溫熱。她沾一滴香水在手腕內側，然後抹在頸間和腋下。然後她用清涼薄荷口味的牙膏刷了五分鐘的牙，清淨眼睛分泌物，因為一夜無眠，她的眼皮些微浮腫，她是疲憊的，可是身體卻像剛剛才上緊了發條，她的血液迅速在周身奔流，發出如水流經過狹窄的石道，湍急奔放的聲音。然後，她特地穿上了黑色低胸的睡衣，光滑明亮的睡衣，觸感柔滑，她要提醒俊為，她願意為他付出努力，只要他能注意到她。

她盼望俊為可以注意到她的改變和渴望。

縱然是頹廢的，她仍期望野性的肉體能喚起年輕的心。

俊為醒來了，他的醒是一瞬間的，照例坐起，翻身下床至浴室，簡單梳洗後再回到床上進行他的例行運動。但是這一天，他走出浴室時，素妍竟側身躺在床上，睜著大眼看著他。她居然是醒著。平時都是他用蠻力將她喚醒，這倒是第一次看到她好像在等他似的。他注意到她穿著新婚之夜的那件絲質睡衣，露出白皙的雙腿，隱約看到火紅色的內褲。俊為呆愣了一下。

素妍向他招手，呼喚似的：

「吻我，好嗎？」

俊為躺到她的身邊，敷衍似的在她的唇上，如蜻蜓點水般的吻了一下，立刻將注意力放回他的目的地，素妍試著握著他的手，將他的手放到自己的胸部，但是他胡亂的隔著睡衣撫摸她的乳房，像趕火車似的，然後，他仍快速的專注在她的下半身，脫下了她的紅色的性感內褲。

此刻，眼前是自己曾經願意為他死一千遍的男人，是囍餅上印著「百年好合，佳偶天成」的中年男子，歲月在他的身上留下的是成熟與精鍊，是一副在職場上走路威風凜凜的高級主管。而今，她知道此人對自己的愛意不過是一連串的習慣而組成，能怪他嗎？

從初夜到這一個早晨，他始終如一。

她不是沒試過。

藍色的床單依舊做著大海的夢，夢裡的素妍已經學會游泳，只是教她游泳的卻不是俊為。她願意游回來，游回當初的起點，她以為一切可以重新開始，不完美的可以學習，曾經破碎的，可以重圓。

但是呀，流水般的時光飛逝，在這樣的一個上午，驀然回首，這麼多年，她不知道自己得到了什麼，失去了什麼。

她在雨中迎接他，讓他走入了她的身體，也開啟了她的世界。

這個世界充滿了肉體的歡愉，對照出俊為對她的魯莽和粗俗。

她從來都不知道自己的身體可以如此被挑逗至極樂的地步。

她不知道女人也應該享有如此的福利。

能說嗎？

對誰說？

肉體的歡愉像是禁忌，代表不道德，充滿罪愆。

然而，走在地球上的每一個人不都是經過母親的產道而出生的嗎？

如果沒有精子與卵子的相遇，我們又打哪兒來的呢？

精子與卵子的相遇，絕大部分依靠的難道不是男人與女人的結合嗎？

性行為也好，做愛也好，交配也好，炒飯炒麵煮水餃也都好，不管什麼名稱，為什麼我們都不敢談論？

素妍簡直想瘋了。

他帶給她的愉悅，無疑的也伴隨著極度的罪惡感。

然而，此刻的她只感到一股強烈的需求，她想要他的身體，她想和他合而為一。

素妍停止哭泣，窗外綠影叢叢，跳入眼簾，山風習習，她深深的吸了一口氣，他望了她一眼，眼神裡有善意的安慰。

她感覺到車子正在開往山區，空氣裡有濕涼的芬芳，遠遠望去，台北盆地就在旁邊。她也不擔心，森林區裡散發出的芬多精，輕輕撫平她原本雜亂的思緒。此刻，她的確需要來到山邊或海濱，讓古老的樹林或一望無際的大海，點醒她執著長寐已然太久的心靈。

車子停在一座老舊的涼亭旁，他下車，幫素妍開了車門，帶她下車，又再帶她進入後座，自己也跟著坐進去。他俯身靠向她，一顆一顆地，慢慢的解開她胸前的鈕扣，她注意到他粗大的手掌，有著細白的指頭，指甲平短乾淨，似乎異常柔軟。在他緩慢卻暗藏激情的動作下，她紅色的胸罩在他眼前敞開，像跳躍出的火焰，急於燃燒。但是他並沒有立刻解開它，他先親吻她，吻她面頰上的淚痕，直到她喘不過氣來，才用雙手從背後解開了胸罩，讓圓白的雙峰挺立在他的面前，她想掙扎，他的唇已迅速地輕咬她的乳頭，她覺得自己的乳頭被他逗弄得挺起來。這讓她感到面紅耳赤。他不斷稱讚她的身體，素妍壓抑住呻吟，他的頭繼續往下探索，舌頭直接進入了密道，在密道中柔軟的進進出出，他也不時親吻她的大腿內側，在他沉浸在她充滿蜜汁的下體時，雙手同時撥弄著她的乳頭。素妍挺起腰身，她的乳頭在他的指尖玩弄下，已堅立地將電流傳至下身，她不自覺得撫摸他的頭髮，他的面頰，當他的整個唇口完全覆蓋她的外陰時，舌尖的進出加上吸吮的動作，她開始規律的扭擺下身，最後高聲呻吟，達到高潮。她覺得自己密道似乎經歷了一場暴風雨，暴雨夾帶著勁風，將她的肉身帶往強烈颱風的颱風眼，表面上是平靜無風的，但事實上她的整個人都陷溺在這威力中。

高潮後的素妍已完全癱躺在後座，但是他的唇仍繼續在埋在她的兩腿間，他的舌頭仍在吸吮和舔舐，他不讓她有喘息的機會，她的下身又再開始扭動，她雙手抱著他的頭，雙腿夾著他的面頰，因為激動，她幾乎希望時間停格在此刻，讓她可以永遠留在狂風暴雨中。

她再度呻吟，再度分泌，她挺起了臀部，想像自己正在產房產子。產道擴大和收縮，狂喜和疼痛並容，生命得以延續。

女人的密道，竟是如此不可思議。

她再到達了彼岸，繁花似錦，鳥語水鳴。

他終於離開了她的下身，由下往上舔著她的小腹，她的乳頭，然後吻著虛脫的她。她感到他滿嘴的黏膩、濕潤、甜腥的氣息。車窗外一片白霧，不知何時，山嵐悄悄地掩蓋了這似虛如幻的世界。

接下來的時間，輕度颱風帶來了風風雨雨，但是素妍只覺得風是暖的，雨是甜的，當然還有因為心裡多了點東西，朦朧不明的感覺，好像是塵封在地底的肉身被悄悄的喚醒了，一旦醒來了，她不想再沉睡下去。

9．莫內的花園

這一天，俊為在下午三點半左右撥了電話回家，他說：

「今天終於可以回家吃晚飯了，做些好吃的吧。」

素妍聽了也高興著，她當天下午並沒有去老屋，事先也不知道俊為會回家吃晚餐，她沒有出去的原因其實是很複雜的。總歸一句話，一個平凡的女人經不起出軌的震撼，她需要喘口氣，回到正常的軌道行走幾天，複習一下腳踏實地的感受，前幾日總覺得自己人在雲端，飄飄然，完全沒有著力的定點。

俊為的電話帶給她意外的驚喜。她很訝異自己的反應，她不認為是單純想念和俊為共度晚餐的時光，他從來都不是浪漫的人。她想，終究自己立過對婚姻的誓言，縱是言輕，她自己已先背叛了婚姻。

背叛，聽起來多麼罪大惡極。

她隨便從衣櫃中拿出衣裙，準備到超市採買俊為愛吃的食材，也許是想補償自己對俊為的欺瞞吧。她想用一頓豐盛的晚餐讓俊為知道她仍是在乎他的，這個舉動讓她自己感到些許茫然。

臥室外的樓層中一片漆黑，莫名的寒意悄悄襲來，素妍打了個哆嗦。她走回臥室，站在櫃前，看著空著大半的衣櫃，她伸手撫摸著木頭的紋路，平滑中有清晰的觸感，有些古樸的氣質，卻沒有蒼老的倦味。這檜木衣櫃是俊為的頂頭上司送給他們的結婚賀禮，在搬到新家時送達的，也算是喬遷之禮。

木頭的清香迷人，多年不減。這是一株曾經聳立在天地間的檜木，歷經千百年來的成長，仍然屹立不搖，年輕如新。最後卻因為可以製成珍貴的建材，蟲蟻不侵的傢俱，散發著森林精氣的芬芳，而面臨幾乎被砍伐殆盡的命運。淪落到素妍家，偏偏她對衣著服飾毫無興趣，十年來沒添過什麼新衣，反覆穿著一樣的衣服，也是對一成不變的生活一個微弱的抗議罷。

連衣服也裝不滿的檜木衣櫃，空洞的抽屜似乎發出陣陣歎息。

歎息聲中，素妍想到和他在山上相聚的片刻，山風中溫存著苦澀的甜蜜，彼此雖然僅僅是交換著肉體的歡愉，但產生出巨大的能量，對她而言，珍貴異常。數日來強烈襲擊她的是那時風裡的香氣，只要一想到他，空著的衣櫃的芬香頓時將她帶往森林的那條路上。

路無盡頭，山嵐渺渺，過眼的是一生一世的雲煙。

歡愛後的暢然給她無盡的想像，幾乎壯大了她的膽量。

一種可以直視自己的膽量。

素妍走進超市時，剛過了大家的下班時間，放眼望去，多是婦女們的身影，她們當中看起來無非就是每天得顧家人三餐的全職母親，不然就是得顧家人兩餐的職業婦女，即使是沒有時間下廚，好歹也是得準備個便當什麼的。還好現今超市多備有各式熟食，想是體諒這些常常得面對蠟燭兩頭燒的母親們。

素妍突然好奇著她們的性生活是如何進行的呢？

在晨間還是在夜晚？

她們的先生是否如俊為一般，將房事演練成板板有眼，如踢著正步的操練呢？

他們疼惜、在乎妻子們的感受嗎？

他們，會像老屋中的他，給了她對肉體全新的信仰嗎？

素妍的眼光放在苦瓜上。苦瓜的模樣，讓她長長的舒了一口氣。她拿起長相特異的苦瓜，輕輕的撫著那凹凸不平的凸起，奇妙的植物，帶著苦，帶著醜，而偏偏也有許多喜歡吃苦的人，完全不介意它的長相。

苦瓜都有人喜歡了，難道她素妍自己就不該讓人疼愛嗎？

俊為回家時，素妍在廚房忙著。她正拿著鍋鏟炒苦瓜，然後將剁好的鹹蛋放入混炒，鹹蛋黃混著青色的苦瓜，試吃一口，鹹中帶苦，鹹蛋黃有著濁濁沙沙的口感，她一向不喜歡這道菜，但卻是最常煮的，因為俊為喜歡。

電鍋裡的清蒸胡瓜鑲肉末已飄出陣陣香氣。餐桌上擺了辣炒雞丁和排骨湯，再加上苦瓜鹹蛋和胡瓜肉末，素妍的確很久很久沒有這樣豐盛的煮滿一桌菜了。

她想，這就是婚姻的感覺吧。

她幾乎遺忘的感覺。

等著先生回家，看著他在桌旁坐下，給他遞上湯筷，看著他將飯菜送入口中，如果他能說出一兩句讚美的話，會讓她覺得這一切都是值得的。或即使他不說一句話，只要看著他專心地將她流著汗水，窩在燥熱的廚房幾個鐘頭，烹煮出來的飯菜送進胃裡，她也有了滿足的滋味。

為什麼滿足了先生的腸胃就能讓她臉上滴下的汗水幻變成一抹笑容？

這一桌菜沒有一樣是自己喜歡吃的，他的滿足真的就是她的滿足嗎？

其實俊為不太稱許素妍的手藝。

素妍心裡有數。

苦瓜太硬，沒炒軟。辣子雞丁不夠辣。胡瓜裡的肉末都跑出來了，弄得盤子裡裝的像是胡瓜炒絞肉似的，偏偏又濕答答，淡而無味。排骨湯的湯頭像清水，排骨得醮上一大堆的醬油膏才對味。

素妍一向不太會烹飪，俊為曾要她去報名課程，她只參加過一堂課便放棄了。因為她不喜歡記刻度、分量或時間，茶匙或湯匙或斤兩根條，太多的細節讓她頭疼。她也不喜歡授課的老師，將烹飪講得像是女人的天職似的，好像女人生來就要替男人煮飯，管好他的胃，他就不會跑掉。

跑或不跑，跟胃有關嗎？

素妍她自己難道是因為吃不飽，又吃不好才跑掉的嗎？

俊為沒有說話，但是他的表情透露出訊息。

素妍勉強問道：「還可以嗎？」

俊為點頭，扒了一口飯吞下。

素妍自己揀了胡瓜配飯，細細地咬，咀嚼成泥，眼睛看著桌面。

俊為雖然對菜餚不盡滿意，但他的食量大，大口大口的吃，吃相倒讓人以為菜餚很美味，這讓素妍嘴角上揚。

她說：「工作還好嗎？」

俊為做了一個吞嚥的動作後，說道：

「還不是老樣子。不過最近幫公司操作的投資賺了不少，看來年終少不了一個大紅包。」

素妍發出喔的一聲。

她不知道大紅包能帶來什麼，她從來都不管帳，不管俊為的收入，俊為有事沒事的一兩萬給她，扣除了生活上的基本開銷，她都放在銀行裡，她沒有計畫。

她放下碗筷，對俊為說道：

「既然有多餘的收入，我們一起去度個蜜月如何？」

俊為笑著回答：

「蜜月？老夫老妻了還度什麼蜜月！」

俊為微笑時是很好看的。

素妍望著他，幾乎想起了學生時代。當時的自己，怎麼會想到今天呢？和俊為同床共枕的跨越了一個新的世紀，在億億萬萬人口中，這個人擁有她的身體，吃著她做的晚餐，穿著她幫他洗好的衣服，躺在她清整潔淨的床上。

這個人，對她裸露的軀體習以為常，對她的個性瞭若指掌，但是他到底是誰呢？

素妍看著俊為，出了神，俊為用手掌在她眼前晃了一下，她眨了眼睛，也對俊為微微一笑。

俊為說：「妳今天怎麼了，魂不守舍的？」

素妍搖頭，說道：

「沒什麼，覺得有點累。怎麼樣，一起出去走走，就算不是蜜月，去旅行總可以吧？」

俊為拿著餐巾紙抹了抹嘴，語帶無奈的口氣，回道：

「請假不容易的，反正將來有的是機會。何況，妳以為當主管就可以享福嗎，反而要做得比別人更多更好。妳自己沒事的話，愛去哪兒逛，自己約朋友去就是了，也可以出國呀，沒有人管多好。」

說完，他起身，走到客廳的沙發坐下，拿起搖控器，對著電視，按下電源的紅色圓鈕，新聞女主播尖拔的嗓音突然充塞了整棟樓。

晚上的時間過得特別快，素妍將餐桌收理乾淨，整理好廚房，剩菜剩飯全部裝進保鮮盒放入冰箱，明天的午餐也不必弄了。等她解下圍裙時，牆上的鐘已指向九點。俊為仍坐在沙發上，也不知道他看的是什麼節目。素妍走過去坐在他身邊，俊為伸臂搭在她的肩膀，她靠在他的身上。

男人的胸膛一向代表了安全溫適的港灣。素妍喜歡這樣，臉頰貼著他的胸肌，感受那飽滿結實的心跳，充滿了力量。相對於男人來說，男人喜歡豐滿的乳房，不就是一種對母性的依戀，代表了放心和溫柔，和崇拜肉身的豐華奧妙。

素妍也聽過老屋中他的心跳，同樣的姿勢，帶給她截然不同的感受。

老屋裡的心跳有激情，有躁動，有火苗的熱度。

俊為，她聽不到，也感受不到。

素妍本來是靠在俊為身上，現在她坐正，頭往後仰，看著天花板，又看向牆上掛的畫。

家裡當初裝潢差不多花掉兩百多萬，用了近四個月的時間，天花板都加了層板的設計，暈黃的燈光打出來，和雜誌裡富麗堂皇的相片不分軒輊。剛搬進來的時候，素妍常將所有的燈光開亮，欣賞光線射出的方向。幾盞燈光照耀的牆壁，懸掛著俊為挑選的世界名畫複製品。她對這些畫作其實沒有多大的感覺，莫內、高更或達文西的畫，她的確喜歡，但好像是另一個世界的東西，跟她毫無關係。她一直很想掛的是一幅洪通的作品，當年母親曾帶她去看他的畫展。萬頭鑽動，人山人海的是他的畫。她記得畫裡的熱鬧和鮮活的生命，使年幼的她完全無視於周遭的擁擠，和母親細細的逛了近二個小時。後來一個偶然的機緣，學生時代的朋友居然有一張四開大的複製品，她用一學期的時間，幫朋友寫了整整二十篇國文老師要求的讀後心得報告，才換到了洪通的這幅畫。

淺墨綠色為底，上面有五個像鳥，也像樹葉，更像毛毛蟲，也像吉他或蜻蜓類似的東西，在像與不像間，每一樣都在飛，或靜止的停在空中，或者像是面對相機時突然的停頓，硬生生的朝著鏡頭擺了姿勢。像翅膀的地方有許多人頭，旁邊有花，有彩虹般的線條舞動，牽扯著素妍的神經。才掛上沒三天，畫就被俊為給換下來，放在臥房的床底下了。

俊為說：「這幅畫和我們家裡整體的格調不同，妳這是鄉土風味，我們家走的是歐式風格。」

他還加了一句：

「那種畫我小時候就會畫了，甚至畫得比洪通還好，還更像。」

現在，素妍望著莫內的花園，想像著洪通畫裡的小人小頭小動物都到了花園裡了，淚眼模糊中，群怪亂舞，漸至瘋狂，只見花園裡的樹葉花朵紛紛墜落，灑落一地，化作一汪池塘。

塘水倒映中，有素妍遺失在畫裡的雙眸。

這個家屬於她，或終於不再屬於她？

現在她坐在俊為的身邊，她仍能感受他的體溫，卻聽不到他心臟在舞動了。

俊為正在財經頻道裡流連，他的眼神閃著聰敏的光，電視裡的股市專家正在分析著世界各地債券的優劣。俊為是那麼專注，專注到素妍是什麼時候回房間睡覺的，他可能都不知道。

隔天一早，俊為先至浴室沖了澡，裸著身體回到床邊，素妍已經醒來了，正幫俊為燙著西裝褲。他走到她身邊說：

「等一下再弄，先上床。」

他一邊說著，環抱著素妍的腰，將她推向床鋪。素妍還來不及反應，他已經粗魯的脫下她的衣褲，她踢他，嗔怒著：「我現在不想要。」

俊為雙手抓著她的小腿，笑道：

「哪有老婆踢老公的，妳是我太太，是我在照顧妳的需求。」

素妍還想反抗，俊為壓在她的身上，用力頂開了她的雙腿，雙手按住她的手腕，直接進入了她的身體，他用力的抽動，好像在報復素妍的拒絕，素妍卻突然想著老屋裡的窗，窗外是什麼樣的景色呢？她也不記得窗簾的顏色了。她想，明天一定要仔細看清楚。

俊為射了精，趴在素妍的身上，她不知哪兒來的力氣，一把推開了他，將俊為推下了床。

10．洞房夜

幽幽年月像雲朵兒般的掛在天邊，不論是閃著誘人的金光，還是灰鬱鬱的泫然欲泣，日子不過都只是那朵雲，素妍覺得，只要待在家裡，光和影都不是她的，即使是淚，也是虛幻般地一碰就化為無形。她慢慢的從迷夢中覺醒，發覺自己已認不出來時路，而未來似乎有許多的驚奇悄悄的等著她，每一步都讓她感到更加錯亂。

她緩步在家裡走著，從一樓走到四樓，再從四樓走下來。一樣的擺設，看起來卻有了變化。她知道自從遇見了他，她的心底浮現出過去埋藏已久的東西，像清早起床時，拉開窗簾，突然看到萬里無雲的藍天，陽光清亮，溫溫涼涼，美好的心情油然而生。

她在客廳裡可以聽到車子的聲音，從遙遠的馬路上傳來。一輛接著一輛，公車汽車來去間，將等車的人們帶往他處，那裡有實現夢想的機會吧。身邊好像充滿了盈盈的亮光，讓素妍決定重新步入紅塵，她想再去感受一種活辣的脈動，縱使是痛苦的，令人生氣的，或是興奮、快樂，甚至激揚至無法入眠，也好。

她幾乎迫不及待的想去看他。

她想念他的手，細細的沒點兒粗痕，當他握著她的手時，只是輕輕地捧著，好像捧著一只易碎的瓷瓶，也因為是這樣，當他的手指頭進到她的體內時，她又不得不驚訝於他手指傳來的電流，是那麼的強烈。

素妍相信這中間是有所謂緣份存在的。

他能幫忙證明她還好好活著。

證明她的肉體還在有效期間內，還是可以充分發揮著功能。

只是，為什麼事情會演變至如此地步？

狂野性愛後的虛脫帶來無盡的想像，像是放空了一個軀殼，讓沉澱在底下的東西突然現了身，模糊了原本的形象，改裝了舊有的面貌。

素妍現在不管看到什麼，都會想到他。

現在，每一天，都是值得殷殷期盼的日子。

她每天早晨送走俊為後，開始對鏡梳妝，確定每根髮絲平順乖貼，指甲修剪乾淨，塗上橘色的亮光指甲油。在浴室除去腋毛和腿毛，用香水肥皂洗淨身體的每一吋肌膚。她刻意穿上有蕾絲邊的胸罩和內衣，鮮豔的花色像是夏季裡成熟的蜜果，等待摘食。剪裁合身的洋裝，修飾了她玲瓏的曲線，這曲線有如地震的曲線，代表了陸地板塊細微的移動，卻釋放出驚天動地的能量。

地球的內部是一團烈火，素妍，也是。

勤勞的女人果然較美？

她望著鏡中的自己，看不出有三十五的年紀。拜母親遺傳之賜，她的皮膚向來是白皙粉嫩，沒個兒斑點，從學生時代起便不知羨煞多少同學。出了社會，一年四季靠得不過是在超級市場買的便宜乳液，連牌子也不管，順眼又有折扣就好。認識的朋友卻是大把鈔票花在保養品上，還不時交換資訊，可是皮膚就是比不上素妍的麗質天生。俊為最愛她的肌膚，但即使在熱戀的時候，她的肌膚好像也不過是掛在秘密花園後面的背景圖，俊為欣賞著，卻不曾花點時間撫觸她。

素妍不過是一位平凡的女子，曾經很平凡的過日子，卻讓一場雨打亂了她的步調，她本來以為天就要塌下來了，全世界結了婚的女子就屬她自己最不幸。赫塞不是說過嗎：

「不管是誰，都認為自己遭遇的不幸，是最大的不幸。」

而今，她又拾起了新的力量，她可不希望自己真的成為一個不幸的人。

雨中相遇的男子，幫她開啟另一扇窗口，足以仰望星空。

素妍現在心裡想的人是他。

身體渴望的也是他。

她時時幻想坐在他的身邊，被他那高大的身軀擁抱，幻化成羽蝶。

她時時幻想在深夜裡，他來到她的身邊，使得身邊的一切光影都活絡起來。

他們像是古時媒妁之言下婚配的少年夫妻，在絲竹管樂聲中熱熱鬧鬧進了洞房，一夜之間成了最親密的人，僅管陌生與不安仍舊在房內穿流，但一點點的，他們開始理解對方，即使是一個眼神，一個肌膚的碰觸，也暗藏著驚喜，不經意間，兩個人都習慣著對方的存在，肯定了彼此的地位，因為是緩慢的步調，所以佈滿著和風般的味道。

又也許，他會突然消失，好像一切都已經成為過去。

她要趁她自己還沒有明瞭風的走向時，先將掉落一地的花瓣拾起，在花瓣仍留有餘香，保有原來的樣貌時，記在心裡。她不想等到滿園繽紛的景象變得滿目瘡痍，屆時徒留遺恨。

素妍已經走在不歸路上了。

她坐下，在客廳聽著韋瓦第的四季，音符飄揚，她的心跟著四季流浪，忽溫忽涼，忽而像柔情般的秋葉飄下，落在她的心頭上。

午後的台北天空，下了一場綿綿細雨，飄浮在空中的水氣，好像煙霧般的流散在四處。素妍決定出走，到公園裡漫步。她沒有撐傘，穿著淡藍色的連身洋裝，休閒鞋在草地上踏出淺淺的足印。

她看起來既高興又憂傷，走在霧氣中，像是夢境裡翩翩而來的詩人，在雨中吟唱人生的憂歡。

命運的海潮啊，註定要掀起波濤了嗎？

她不曾停止想他。

她將他放在心裡，澎湃的血液隨著時間的消逝而漸漸沸騰，等她驚覺時，她已經走進了巷子，在老屋的門前呆立著，她做出了按門鈴的動作，卻又在最後一秒前縮回。老屋大門的鎖孔已經生鏽，紅漆剝落，門鈴安在右手邊的牆上，像隨意放上去的，完全感受不到它是一個真的能發出聲音的電鈴。她覺得有趣，這次她伸手按下，不料鈴聲尖銳高拔，簡直像開了個嚇人的玩笑，素妍驚慌失措。再次走進這條巷子已經是一個錯誤，她無法控制。然而這門鈴按下去後，更彰顯了自己的無能。她想回頭，雙腳卻不聽使喚，她索性閉起雙眼，將自己隔離在黑暗中。

她聽到腳步聲，她聽到開門的聲音。

她感到一陣熱氣吹向她的頸項。

她的身體麻癢難當。

他擁她入懷，長長的吻著她，在吻的過程中，素妍的體溫急速上升，她也可以感到他的身體開始膨脹。像魔術一樣，彼此的肉身進行著化學反應，彷彿在實驗室中混合的溶液，即將爆發出可燃的氣體。

他的右手掌從腰部開始，往下撫摸至她的臀部，左手仍緊緊摟著她的腰。然後，他將素妍帶到沙發邊，鞋也沒脫，將她的上身壓下，讓她上半身趴在沙發椅背上，他從她的身後抓住她的臀部，提起裙襬，輕巧的脫下她的內褲後，毫不遲疑的將自己挺進了她的體內。素妍的雙眼仍閉著，她還搞不清楚狀況，還在神遊似的，但其實當她走進巷口時，她的下身已經完全濕潤了。她感到他的身體像一頭飢渴的猛獸，好像等待她的來到已經有很久很久的日子，因為飢荒與乾旱，他隨時都可以將她吞噬。

因為緊閉著雙眼，素妍一直處在黑暗中，任由他帶領，當她順著他的動作，趴在沙發旁時，她感到他在一瞬間進入了她的體內，她抱緊沙發，尖叫，呻吟，這如動物交媾的姿勢讓她頭暈目眩，感到羞恥。但隨著他抽動的姿勢越來越劇烈，十指幾乎是掐陷在她圓豐的臀部，她也跟著擺動了。這個姿勢讓他深深的撞擊她的子宮頸，感到前所未有的興奮，她無法等他，她已經完全到了海河的交接處，她即將釋出積蓄的能量。他等待素妍滿足的解放了所有的壓力後，緩緩抽出。素妍仍趴著，無法動彈。他一把抱起了她，將她放在鋪著亮紅床單的床上。

他輕輕解下她的藍色洋裝，這洋裝是素妍幾日前在百貨公司買的，可以完全展現她女性的曲線，也因為太過合身，搞得自己整晚心神不靈，一心想要讓他看到。這時的素妍已呈迷惘狀態，不過是一場激烈的性愛，讓她完全失去思考能力，也失去了行動能力。他順利的褪去她的衣服，除去她的胸罩時，忍不住的撫摸那豐滿的乳房，多麼美麗呀，他讚歎。他也撫摸她的腹部，她圓形小巧的肚臍，多麼剛好的放在下體的上方，像是一個頓號，讓男子的目光走到此處時，可以有機會深呼吸一口氣。接著，他打開她的雙腿，細細觀看這令他魂飛夢繫的神奇花園。他忍不住地舔著她可愛的陰蒂，素妍發出聲音，似乎想醒卻醒不過來，四肢癱軟。

她迷迷糊糊的感到他的挑逗，他的讚嘆。

他舔著她的陰蒂，看著密道，天啊，多麼完美的設計。

他將中指輕輕的放在密道口撫摸，素妍的雙腿不自覺得想要併攏，他用手肘壓著她的腿，一翻身壓在她的身上。

他深深地吻著她，不讓她說一句話。她感到他的下身膨脹著，頂著她。他的雙手撫摸她的乳房，舌尖探索著她的舌頭，她難以想像這個柔軟的舌尖頭也曾在她的陰道裡探索，他的吻轉為輕微的吸吮，下身頂著她的陰部，像在做賽跑前的暖身運動，她的呼吸開始急促，以為他即將進入她的體內，她甚至是渴望的，但是他似乎想將她逼近懸崖邊，讓她看到萬丈深淵，害怕顫抖，進而渴求他的救援。她的確是要求他的解救，她渴求與他的結合，可以讓她忘卻一切，讓她忘卻她真的就在懸崖的邊緣。

素妍用力的喘著氣，好像肺泡都變成了五彩的氣球，即將帶她騰空而起。這時他突然起身，躺到她的左邊，將她的身體推向右側，他面對她的背，用力抓緊了她的臀部，從側後方與她結合，素妍弓著身，他將她的身體挪進他，嘴唇輕咬她的耳朵，右臂從底下繞過，環抱著她的胸部，指頭揉捏著她的乳頭，左手則往下撫摸著她的外陰，一邊規律地讓陰莖在她的秘道裡恣意進出，他的手開啟了她全身的電源開關，她的下體濕潤，扭動著腰身，雙手試著阻止他不安分的手，但換來的卻是他用力的頂撞，讓她高聲吟叫。

他們兩人同時達到高潮。

他從身後抱著她。

他說：「我可以感覺得到妳的高潮，妳的身體反應越來越強烈了。」

素妍因為是背對著他，減緩了不安和羞怯，她問道：

「為什麼那天你要對我招手？我們並不認識彼此。」

她一直想問他這個問題，她也一直很想理清自己為什麼竟回應了他的招呼。

他將她抱緊，在她耳邊說道：

「我一直在等妳問我這個問題，沒想到妳可以拖到現在才問。」

說到這裡，他起身，轉躺到素妍的面前，面對她的臉。

他捧起她的面頰，說道：

「那一天在雨中，妳看起來非常孤單，我突然很想保護妳，給妳快樂。我希望妳不要認為我是一個……」

素妍舉起手掌，輕輕按住他的嘴唇，阻止他說下去。她說：

「我什麼都沒有想，我很高興那天你沒有離開我。這輩子最快樂的事就是跟著你走進這間老屋。」

說完，他們繾綣，激吻。

素妍的愧罪和喘息同等深重。

汗濕透了床單，從額頭滑落的汗珠，在胸口劃出了一道道看不見的血痕。

素妍跨出這一步了，也說出心裡的話了，世界將會以何種面貌回報？

裸露在纏綿的溫情中，雪白的床單攪亂了婚姻的誓言，糾結的唇舌，顛倒混淆了天秤的平衡，在剎那間，他深邃的目光直抵素妍的靈魂。

床單恢復平整，他們依舊擁抱，但如靜止的塑像，四肢冰冷，只有止水般的心留有餘溫。像龍捲風過後的平靜，她覺得自己佇立在廢墟中，感歎一息尚存，對身邊的他，感激相惜。

但是，慾是什麼？

愛是什麼？

一輩子只能依約將肉身交給一個人嗎？

在婚約的制度下，素妍的出軌算是悖德嗎？

如果人能夠心裡愛著兩個人，為什麼肉身不能？

離開老屋後，素妍徘徊在人行道上。行道樹上的枝葉，順著風，款款擺動，在繁忙的街頭，更添孤寂落寞，她像是走到了路的盡頭，不堪回首，只有登上船筏，任命運的海流帶往未知的彼岸，即使，她深知彼岸可能危機重重，可能再也無法回頭，可是，心裡狂呼的是他。

而今天，會是一切的答案所在嗎？

不顧一切，為慾癡狂，雖然當時已不再年輕，但是山雨欲來的雲層已堆積成火山之勢，她終於在老屋，尋到了解放的出口，她遲疑卻又堅決，像方格世界裡單獨的身影，鏡面反射的是不悔的眼眸，看到的是，幾乎淹沒在時光裡的真心。

她還能以正常人自居嗎？

在世俗規範之下，素妍已經以肉身墮入萬惡深淵，她將無法見容於陽光下黑白分明的世界。

逾越了道德的尺線，還有灰色的空間嗎？

素妍回家後的第一件事便是沖熱水澡，她用力刷洗著身體，將皮膚都刷紅了，還是不斷地沖刷，簡直像在刷洗颱風過後的泥濘地似的。洗完澡後，她躺在沙發上，弓著身抱住自己的小腿。她的身體與心底都在沸騰著。他的體溫還存留在她的身上，他的厚實溫軟的唇，他的臂彎，他的一切就像一株枝枒茂盛的樹木，給了她最舒適卻又狂野的庇護，隔絕了烈日，提供了清風拂面的歡暢。

在他身邊，她什麼也不害怕，好像也什麼都不在乎了，她開始看到自己，也看到了周遭的景物。她可以完全顯示自己的脆弱，不用擔心這個世界會以什麼樣的眼光看待她。

但是這一步跨得太過突然，接下來步子要怎麼走，她感到迷惘。

11・潮汐

隔日一早，素妍被窗外的雨聲驚醒。雨勢並不大，稀落的水珠敲打在玻璃窗上卻有撩人的效果。韻律般似的敲在心頭上，滴滴答答像催眠師的輕語，才剛喚醒她，又要讓她走入另一個夢裡。素妍拿起床旁桌上的茶杯走到廚房，在電熱瓶裡注滿飲用水後插上電座，在餐桌旁坐下，雙手支著面頰，想著這段日子發生的事。水在滾開前發出咕嚕咕嚕的吞吐聲音，她竟沒有注意到，水達沸騰的指示燈暗了後，蒸氣慢慢的消失在空氣中。

落地窗外的天空灰濛濛的，幾抹烏雲掛在邊際，她覺得它們似乎盤旋在她的頭頂上，壓得她喘不過氣來，但是她也心喜於生活中這些若隱若現的變化。

從前，她哪裡會管這些呢。

週一到週日，七天輪著週期，接著一月到十二月，再接著是每年年初的時候，得花上一個月的時間才會習慣寫下正確的年分。現在到了民國一百年了，對她又有什麼意義呢？

三餐照樣肚子餓，身體的機能靠著米飯菜肉下肚運轉，如果只有五臟六腑也就罷了，還容易安撫，偏偏還有顆腦袋瓜掛在脖子上，多了喜怒哀樂，貪嗔癡妄，還有無法形容的感受，不時的冒出來啃食一下自己的心，痛一回，記一回，可還是搞不太清楚是什麼。

然而，他終於闖進了她的生活，感受便擴大了，身體已經不只是身體，原來米飯菜肉是填不滿每一個空洞的，還有其他的她看不到的地方需要餵補，她對自己身體的瞭解還需要盡更多的努力。

她開始注意每天的天氣，如火的艷陽，如水的流雲，在她的眼角散出一片天地。

她開始走在樹蔭下，注意了光線的移動位置，綠葉在樹梢展放出傲人的姿態。青草地上，原來是有著許多綠色的小昆蟲，一腳踏下去，像激起浪花似的，輕巧地跳了出來。波光浪漫的湖邊，鴨子的呱呱叫聲如同歌謠，也有了抑揚頓挫的音階。她聽到了大地的聲音，她走入了人生的戰場。不再只是從落地窗望著窗外，像她從前那樣，以為紅塵已遠，青春已死。

人生，不過如此。

她將他鎖在心底，一個安慰與快樂的角落，隨著她一起渡過每一個鮮活的日子。但是她能將他鎖多久呢？她並不想生活在兩個不同的世界。

素妍就這樣呆坐在桌前，等她想起之前正在煮的開水時，已過了十多分鐘，她急忙起身，重新再按下沸騰的按鈕。她喜歡用滾燙的水沖泡即溶咖啡，咖啡粉會瞬間融化，化成豆香，可以振奮她頹危的精神。

她打開櫥櫃，卻找不到她最鍾愛的瓷杯。那瓷杯是俊為送給她的三十歲生日禮物，杯上有紫色的鬱金香，杯口較底部寬，從下往上看，就像是盛開的花朵般，她一向愛不釋手，喝咖啡絕不用其他杯子。她想一定是俊為拿去用了，他常常在自己的書房喝茶或吃小點心，卻從來不會將杯盤收回至廚房。素妍每次洗碗筷時，都要到書房檢查一番。現在，她沒好氣的往書房走去，一進門就看到自己的杯子擱在桌上，鬱金香的圖案好像缺水似的毫無生氣。素妍拿起杯子時，瞥眼見到俊為放在書桌右邊的公事包是微開的。

其實，她從來都不會去翻看俊為的東西，他的東西幾乎都會放好在抽屜裡，有時也會上鎖。俊為的解釋是公司有許多重要的文件，鎖起來比較安心。他也有好幾個不同樣式和顏色的公事包交替使用，他的公事包一向是整齊地放在書櫃裡，今天他一定是出門太匆促了，忘了將公事包放回櫃子。素妍順手拿起來，想幫他放回原位，不料公事包沒關好，一拿，開了口，便看到相片沖洗店的紙袋。她輕輕的拿出紙袋，感到沉甸甸的相片。

什麼時候他拍了這麼多的相片？

在打開紙袋前，她的心底竟是掙扎著。

她頹坐在書房的沙發上，聽得到自己沉重的呼吸聲。不過是相片，為什麼她感到害怕？這麼多年來的質疑，難道答案就在眼前？

原來在她的內心中一直存在著許多的問號，她從來都不願意，也不想要追究。

她記得和俊為挽著手步入禮堂的那一剎那，覺得步入的並不是禮堂，而是走進了海洋。浪花擊打著腳踝，禮炮在耳邊喧鬧，茫茫大海中，身邊只有俊為可供依靠。她能夠和他一輩子，一起面對茫茫人生嗎？

婚姻生活如潮汐，來來去去。

俊為早出晚歸，時時不見人影。

漲潮時，素妍躲在屋內，想像著海的另一邊會有什麼樣不同的人生。

退潮的時候，她可以赤足走在寬廣的沙灘上，看小海星在濕地現出身形，和她小時候畫星星的圖案一模一樣。小螃蟹們忙碌地衝來衝去，腳步靠近時，倏忽間不見身影，簡直如隱身術。

退潮的時光是素妍獨處的時光，她似乎可以看到除卻婚姻後潛藏的許多東西。只不過，潮來潮往的浪聲像催眠曲，她常常昏昏欲睡，連半夜也爬不起來觀看滿天的星辰。

她輕輕打開紙袋。

相片的日期是去年的年底，看起來像是尾牙的聚餐。多張合照的人數算一算有二十多位，應該是俊為他們自己的單位。除了穿著銀行制服的員工外，其他人一看就知道是眷屬，有先生或太太和小孩子們。抱在懷裡看起來不到一歲的也有數位。好幾桌熱騰騰的蒸籠，無數碟的小菜，混雜著俊為舉筷，舉杯，大啖大飲的笑臉。有幾張相片，是鄰座的女同事對他敬茶，高舉的手臂，和俊為像準備喝著交杯酒。一位留著黑亮短髮的女同事在每一張相片中，都緊貼在俊為的身邊，他們兩人倒像是喜宴裡的一對新婚夫妻，只見賀客盈門，紅幛飄揚，喧嘩笑語中有款款深情低吟流轉，雖然只是相片，她可以輕易的感覺到有無盡的愛意在空氣中浮蕩。

素妍的眼眶發紅，手掌顫抖，她收好相片，將它們放回俊為的公事包裡，小心扣緊並放在書房門口。她抬頭看了一眼掛鐘，才過了十幾分鐘，她卻以為過了數個小時，就怕俊為快回來了。她轉身回到餐廳，拿起變涼了的溫水，胡亂拾起一個乾淨的杯子沖了咖啡，三合一的粉末沒有沖勻，幾顆泡沫漂在表面上，有點不甘願的樣子。

她將這個相片事件當作是一場夢魘。

夢魘多做幾次就可以說服自己繼續沉睡下去，沒什麼好怕的，一切都不是真實的。

她知道，槍林彈雨她不怕的，她怕的是自己無力去面對戰後的傷口。

一槍斃命也就罷了，但如果是血流成河，偏偏自己還在苟延殘喘，她自認沒這個本事求俊為大發慈悲，了結了她。

她可有勇氣了結自己？

素妍想發動戰爭，但是她連發動戰爭的理由也找不到。

她的心在顫抖，她的肉體在嘶叫。

12・長願相隨

俊為拿起酒杯，一口氣喝下眼前的威士忌，月色融入，連烈酒也有了清冰的滋味。紫婷坐在他的面前，雙手微顫，打開手裡的包裹，裡面裝的是俊為送給她的生日禮物，一條深藍色的圍巾。

深色條紋間隔著淺紫的細小方格，開展時長度夠繞著脖子三圈再加上護住雙耳及口鼻，像是團團圈住了一個人的上半身，像是一個代替物，擁抱著等待兌現的諾言。她深吸一口氣，聞著圍巾的香氣，是薰衣草的清香，在圍巾的最下端還有著他特別請人刺繡上去的四個小字「長願相隨」。

棕色的蠅頭小楷藏身在流蘇邊，細細端詳竟有躍躍欲試的姿態。紫婷笑了，她將圍巾裹住自己的雙眼，黑暗中她看到自己身披白紗，頭戴花冠，手挽著俊為，她知道她已厭倦尋尋覓覓，她要終止流浪。

她看著，淚眼中，她環抱住俊為，深深的吻著他。俊為回報她的熱情，將她壓倒在床上。

紫婷和俊為是銀行同事，俊為在面試她的當天晚上就打電話約她吃飯了。紫婷拒絕，她說要等到工作有了著落，上了軌道，她才能放心享樂。

享樂，這樣的話還不讓俊為迷醉嗎？

婚姻的無趣無味，常使他悶悶不樂。紫婷的出現，是一道天邊的曙光，是帶離俊為脫離苦海的浮板。

他立刻錄用她。

紫婷也不是沒有仔細想想的，她還摸不清俊為的底細，她要好好觀察一段時間再做決定。

他邀她上健身房。

俊為原本即有上健身房的習慣，紫婷答應他的邀約後，他立刻幫她辦了金卡的會員。這會員可不是開玩笑的，年費價值具有五個零的分量，健身器材就甭提了，三溫暖、泳池、溫泉和室內高爾夫球等等，你能想到的，金卡會員都能享有。你想不到的，金卡會員一樣享有。

紫婷一下子就迷惑了。

剛剛才從大學畢業，如果從基層苦幹，好說也得撐個十年，在工作上才可能有所成就吧。如果表現不佳，或自己根本做不下去，可能在每年的農曆年後重複一樣投履歷的動作。

這張金卡讓她想起蛇和梯子的遊戲。

走到蛇頭，溜下去，從頭再走。

走到梯子，直奔而上，直搗目的地。

俊為是她的梯子，明擺在眼前，可以省卻她十年的光陰。十年，或甚至是二十年，她的青春和美貌都還簇新。她爬，還是不爬？

紫婷也是一個平凡的女人。不過，她畢竟是屬於新生的一代了。不過要知道，在今日的算計單位，隔了一代的代溝，恐怕要以五十年計算。

她想，外遇事件既然層出不窮，古今中外皆然，可見婚姻制度有存在的疑點。況且，時代演進，原本視為禁忌的同性戀者可以光明正大的走入禮堂；無法孕育下一代的可以找代理孕母；複製羊，複製牛，操控遺傳基因，人們扮演上帝的手。也就是說，天下還能有什麼做不到的事？不能做的事？那麼，為什麼不能顛覆傳統的婚姻？反正婚約本是廢紙一張，百年後，一切都將成為灰燼。紫婷她自己也逃不過時間的徵召，她要趁年輕，做想做的事。但是，她要讓俊為等一等，知道她不是容易到手的女人，不容易到手，身價才會高。

於是，一週當中，至少有三天她和俊為在健身房碰面。紫婷漸漸也明白了俊為這個人，和他那幾乎如隱形人的妻子素妍，及他們過著無子的高檔生活。

俊為常常在下班時匆匆趕往健身房。他會在她慣用的跑步機上流著汗水，見她走進，一手拿起毛巾抹臉，笑著說：

「這台我幫妳留著，就等妳來……」

紫婷還沒換上運動服，在椅子上坐下，端詳著眼前這位跟她一塊兒運動近半年的總經理，她還沒讓他碰她。

她記得非常清楚，當第一次在這兒跟他一起運動時，他對她說的第一句話竟是：

「我和我太太早已分居多年了。」

她忍不住笑出聲來，健身房裡突然漾起了賀爾蒙的氣味，像黃色的光，有輕薄招搖的味道。俊為這樣明白的要她這個人，讓她發窘，卻也使她認裁了似的，她回道：

「你能給我甚麼？」

「我甚麼都有，都能給。」

「你怎麼知道會是我？」

「妳怎麼知道不是妳？」

「我不是你想像中那種人。」

「我沒有將妳想成甚麼人，我一看到妳，就想給妳長長久久的依靠。」

「事情沒有你想得那麼容易。」

「沒關係，我可以等妳。」

「也許你等不到。」

「不會等不到的，妳會需要我。」

紫婷當時有些生氣，但是俊為自信滿滿，他那種在商場上衝鋒陷陣，砲轟敵人，直搗前線的氣勢軟化了她的防衛，也看清了她的弱點。

她不需要一個瞭解她的人，她要的是安全穩固，衣食無缺，見得了大世面的男人。

自此，進健身房前，紫婷的心總是狂跳著，命運這東西不經意的安排俊為走進了她空虛的生活裡，潮來潮去，除非月亮消失了，不然故事總會繼續說下去。

這一天，俊為注意到紫婷的眼光有異，似乎在詢問，她的目光有審查的意味，他讀出了她想說的話，他按了跑步機的停止鍵，緩步走向她，跪在她的面前。這不是求饒的姿態，以他在職場的閱歷，他知道紫婷需要他來點燃她的星火，而星星之火，足以燎原。

從他在面試見到她的那一刻起，他的家立刻轉變成了一座空城。年輕時至現在一路的奮戰，生命中除了妻子，他似乎一無所有。為了做一位稱職的丈夫，他收斂了性格上的好勇鬥狠，將學生時代的耀眼光芒藏在筆直的西裝外套裡。經濟的寬裕，填滿不了他作為一個男人心裡的虛空，他要給自己旺盛的鬥志力一個新的戰場。有些事情是改變不了的，他無意背叛素妍，但是素妍已經不再是年輕的婀娜少女，生活磨去了她所有的魅力，僅剩下幾許殘花似的暗斑，讓彼此的世界罩著一層灰。而且，她排斥性生活，像一根木頭，對俊為來說，就如同婚姻的基石已經粉碎了。

然而，命運領著紫婷來見他。

她花樣年華，貌美風騷，他想要呀，身體膨脹了，心也大了，眼睛亮了。他突然瞭解了自己的需要。功成不一定要身退，反而應該讓身體走到最前線，去見識戰事的激烈，去跟另一個自己做戰。紫婷的眼眉，讓他感到一陣天旋地轉，如同第一次當她的汗水不經意的滴在他的手臂上時，他就決定豁出去了。

紫婷望著他，溫暖的健身房裡讓人躁熱不安，她的手指頭輕輕觸摸著他的手，她知道自己一直想要有一個歸所。俊為對她有意，她如何不知？她到健身房的目的不就是要和俊為在汗水中交換著明確的訊息？她知道他事業有成，婚姻不順。她還要甚麼？不過是一個人的實體，可以一起躲過生活中的槍林彈雨。

「紫婷……」

他將她的手緊緊握住，他可以感受到她全身發著燙，熱度足以一塊兒燃燒彼此的渴望。健身房裡節奏明快的熱門舞曲像是吹著野火的春風，吹不盡的是生命裡的意外插曲，只要插曲能演變成完全的曲目，俊為可以在現實中實現慾望，而紫婷可以讓事業和感情同時作為實現理想的藉口，她是聰明的人。

他拉她起身，他們走向更衣間，紫婷讓他撕扯著她的肉身，在她幾乎尖聲吟唱時，他用嘴唇封住了她的喉，並吸走了她的靈魂。

最後，紫婷雙手緊緊纏繞在俊為的頸項，俊為聽到紫婷在他的耳邊說：

「我要一個房子。」

13・滿天星

人就是這樣。

有的時候突然好想找人說說話。

有的時候，連手機也懶得開，讓找不到妳多日的朋友，直罵畜生。

所以，當有一天早上無意的將手機開機就立刻接到素妍的電話時，著實嚇了我一大跳。她找我出來喝咖啡，我就知道一定是有那種非說不可的情況發生了，這種時候如果還憋著，肯定會出毛病。以我們這種步入中年的人來說，不是狂增體重，不然就是胃潰瘍、失眠、偏頭痛等等，甚至連月事也停擺了。雖然碰到月事時，總是嫌煩，一旦消失，面對更年期，可又想念不已。所以，為了自身健康著想，還是要將心事吐露才符合養身的原則。

不過，說實在話，我已經有一年左右沒和素妍碰面了，這中間只有伊媚兒聯絡。不外是彼此的生日祝福，中秋端午佳節問候，以及除夕春節拜年。她是我們少數幾位朋友中，婚前婚後沒有什麼特別變化的同學，沒有八卦謠傳著，當然也是因為沒有孩子的緣故，少了互通訊息，相偕帶孩子出遊的藉口。她仍是我們眼裡的富家少奶奶，而我們都已經被家務磨成歐巴桑了，皺紋鐵定也比她的多。

電話裡的她並不多話，卻直截了當：

「佩芸，我想找人說話，妳有空嗎？」

根據經驗，我們這些三十多歲，有家有室的中年女子，如果有事，就不會是平凡的小事了。如果是孩子問題，大可約在對方家裡，用不著神秘兮兮的約在咖啡館聊，甚至在馬路邊就可以大呼小叫，一邊說著，一邊還可以買菜或殺價，一心可以多用，做錯說錯都不至於引起軒然大波。

而其他有關女人自己的事，肯定是壓在心底的，得慢慢挖出來，還不能隨時隨地的挖掘，要有適合的場地和時間，先安排妥當，這樣才能周全，事先有沉澱的作用，這樣既能將心事吐露乾淨，也不會傷了自己，或說了不該說的話，還有餘裕審查吐出來的話有沒有可能傷到別人，或造成無可彌補的損害。

素妍沒有孩子，不會是教養方面的事情，自然是夫妻之間的事了。這是突如其來的電話，我可以想見她已經在某一種危機的邊緣。

我為接下來的約會感到無比興奮，生活的確是太無聊了，每天周旋在柴米油鹽之間，一丁點的八卦都可以點燃我對生活的熱情，驗證連續劇裡的熱淚和冷血都是真實的故事，對於每晚八點檔準時在沙發上報到的我來說，她的故事會是對平凡的一種安慰。鐵定是好聽的，我可以對自己保證。

我們約在週日的下午碰面，我央求先生帶看三個孩子，保證晚餐前回家，他才勉為其難的答應，一副犧牲到底的模樣。我很興奮，不單是因為要和老朋友碰面，另外也是因為好久沒有這樣放下孩子和家務，單獨外出了。雖然我也不清楚為什麼出門會是這麼困難，孩子是父母雙方共同的責任，可是很奇怪的，自然而然的，妳就是會將所有的家務攬在自己身上，先生也沒有拿刀子架在妳的脖子上呀，可是，作為男人，或是作為一個人的本性，總是多一事不如少一事。既然婚姻的開始，老婆就將家務事接手過去，實在沒有理由搶回來做。

比方說，髒衣服放在洗衣籃裡，隔一天就變成乾淨的衣服躺在衣櫥裡，能抱怨嗎？吃飯時間到了，廚房飄出菜香，隔沒多久，一桌的佳餚滿滿的躺在餐桌上，孩子興高采烈，大人唾沫直流，你能抱怨嗎？

地板髒了，窗簾佈滿灰塵，桌上亂七八糟，廚房碗盤高疊，晚餐的碗筷散在桌上，廁所衛生紙快沒了，洗手台的肥皂盒裡放著又爛又軟的肥皂，泡著混濁的水，簡直要溢出來了……

隔一天，一切像變魔術一樣，它們又回復了昔日的光彩。

夜晚熄燈就寢，正想找人溫存一番，老婆剛好就躺在床上，難道不做嗎？

說不過去嘛。

男人真幸福。

唉，不該想太多的。

平安健康就是福，能放則放，放不下的，繼續扛下去，只要身邊還有說話或聽話的對象，沒什麼理由值得哭天喊地。大家都是這樣在過日子，又不是只有自己是老媽子。

我在咖啡店門口見到素妍時，驚詫得說不出話來。只見她滿臉含笑，雙手橫抱胸前，靠在門邊，她留著及肩的頭髮，烏黑亮麗，深綠色的棉質長裙穿在她的身上，幻成一片柔軟的青青草原，如果此時身邊突然彩蝶飛舞，輕風搖曳，我也不會太過驚訝。

這一天，太陽似乎特別的溫柔，騎樓到處充滿了光，隨著空氣流蕩。我幾乎覺得時間在我們仍是學生的那一刻停止了。

將來好遙遠，唾手可及的都是風花雪月。

每次和素妍約見面，她永遠比我早到，不論我提早多久，她總是能比我早到一分鐘，後來竟成了我們兩個見面時的口頭禪。這一回，她又先我一步到了咖啡館，她先站直了身子，開口說：

「我總是比妳早。」

我聽了大笑。

這句話也曾在她的婚禮上出現，她勾著俊為的手臂對我說的。當時我是她的伴娘，那一天從早到晚的情景我都還記得一清二楚。我想起張愛玲小說中有一段形容婚禮的文字，她說：

……樂隊奏起結婚進行曲，新郎新娘男女儐相的輝煌的行列徐徐進來了。在那一剎那的屏息的期待中，有一種善意的，詩意的感覺，粉紅的，淡紅的女儐相像破曉的雲，黑色禮服的男子們，像雲霞裡，慢慢飛著的燕的黑影。半閉著眼睛的白色的新娘，像復活的清晨還沒醒過來的屍首，有一種收斂的光，這一切都跟著高升發揚的音樂一齊來了……

天啊！張愛玲。

素妍和俊為結婚後兩年，輪我踏上不歸路。但我是個傳統盡責的妻子，接二連三為家裡添丁。在我的大兒子出生時，素妍曾來我家探望，送了一箱紙尿布，我對她說：

「這一次我可比妳早了。」

等老二老三接連到這個世上報到後，我們就不再比了，當作是無知的玩笑話。

年輕時，愛拿時間開玩笑，隨著鬢髮漸白，才知道時間可不能拿來亂說的，在時間的面前，我們任何人都沒有豁免的權利，得跟著走。

走到後頭就知道了。

早，可不見得好。

一句話化解了所有因為繁忙失聯所帶來的隔閡，我們輕輕的擁抱一下。

我埋怨著：

「要安頓好家裡的小毛頭可不是容易的事。」

我們一邊說著，一邊進去找位置坐下。

素妍比我在一年前看到她的樣子，和現在比起來，並沒有改變多少。身材一樣，沒胖沒瘦，以我當了三個孩子的媽媽的標準來看，她絕對可以當上雜誌的封面女郎。她雖然沒變，但卻同時感到她變得比以前漂亮了。說不出是哪兒經過修飾或改裝，如果一定要找出不一樣的地方，我想，可能是氣息吧。

亮麗的眼神，上揚的唇，腳步輕盈，好像踏著喜事，頭簇擁著鮮花，所謂容光煥發，大概就是那個樣兒。

我正想誇她幾句，沒想到她卻流下淚來。我並沒有驚訝，因為隔了這麼久沒有連絡，她突然邀約，就是不太尋常的。

素妍默默的讓淚水滑落，我靜靜的陪她，沒有安慰。因為她的淚水並不是悲傷的淚水，我可以感覺得到那是一種混合著多種矛盾和不安的淚水，甚至是含著喜悅的，或者是激動，有些偏激，卻又帶著豪情。我突然知道她為什麼要找我，認識十年以上的朋友而還能有著感情的並不多，就我所知，我是唯一瞭解她的，可以吐露心事的老夥伴。

素妍情緒穩定後，她笑著看我，對我說：

「妳知道嗎？昨天晚上我住在妳家。」

「住在我家？有沒有搞錯！」

「我必須找妳出來，是因為如果我繼續壓抑這個秘密，我怕自己會瘋掉。」

「妳說吧，我仔細聆聽，絕不打岔。」

說著，我用指頭在嘴唇上打了個封口的手勢。她輕聲的說道：

「我認識一個男生，他叫我晚上去他家住一晚。所以，我只好跟俊為編個理由，說是去妳家住一晚。」

「還好我昨天晚上沒有打電話給妳，不然可慘了，妳竟把我給拖下水。到底是怎麼回事？」

我真是沒好氣，什麼好處都沒有享受到就突然變成了共犯。

「他是一個很好很好的男生，他讓我很快樂。」

「誰呀，妳怎麼認識這個人的？」

「註定的，一場雨把我的頭腦給淋瘋了。」

我想素妍真的是變了，整個人好像從一塊硬蹦蹦的石頭，變成了軟綿綿的抱枕。說話的語調居然帶著尾音，黏黏膩膩的。她從前說話時哪裡會像這樣，大家都覺得她說話時像唸公民與道德的課文，生硬而無聊。想不到一年不見，連聲音也會變。

她說到這個人，整個臉都泛紅了，簡直是見到熱戀中的情人才應該有的反應，只聽到她繼續說：

「很抱歉將妳扯進來，不過，除了妳，我真的沒有其他朋友了。」

說到這兒，她握住我的手，跟我道歉。我還是完全不懂發生了什麼事，只知道這個「他」，可不是俊為。哎，果然是婚姻出問題了。我叫她繼續說下去，只見她的臉頰又紅了起來，她說：

「我昨天晚上十點到他家門口，他已經等在那兒了。我和他認識並沒有多久，但是，我們已經有幾次親密的行為。我好喜歡跟他在一起，所以他要我去住一晚，我就答應了。」

「妳不怕被發現？」

「佩芸，俊為不會管我的，他自己更少待在家，我根本不在乎他的想法。」

說到這兒，素妍低下頭，面色轉為沉重。我問她：

「妳確定這是妳要的嗎？」

素妍並沒有立刻回答，她用五指刷了下自己的頭髮，緩緩說道：

「我不知道。我只想活在今天。如果今天我可以因為和他在一起而非常快樂，我就會去做這件事。」

「妳變得不一樣了。如果我們都能只為今天而活，倒也不錯。可惜這真的不容易。」

「我跟妳說我們的事，妳願意聽嗎？」

「妳不知道我最喜歡聽八卦嗎？」

我笑著看她，這時侍者端上了我們的咖啡，卡布其諾的心型圖案在咖啡上勾引著我們的視覺，完美的呈現了簡單的美味。我自己在家裡也會燒煮咖啡，可是沒有機器打出白色的泡沫，也沒有技術畫出圖形。

為了這顆心，我們得花多少額外的時間和金錢呢，消磨在咖啡館裡。

素妍和我都盯著咖啡一會兒，也捨不得加糖攪拌，就怕毀了這顆心。我們輕輕捧起，沿著杯緣，細細品嚐，又輕輕放下，心還在那裡。

素妍先跟我說了認識他的經過，聽得我瞠目結舌，簡直像在讀情色小說。我一句話都說不出口。倒是她顯得很大方，彷彿像是一位婦科醫師正在談論著子宮卵巢的構造，泌尿科醫師解說著陰莖尿道的解剖位置，那樣的自然。接著她說到昨晚的相聚，她的眼睛望向窗外，柔聲的說：

「他一看到我，就拿了一條手帕，將我的眼睛矇住，小心的帶我走進他的屋子裡。他叫我放輕鬆，他要給我一個驚喜。」

她又喝了一口咖啡，我注意到她的指頭微微顫抖。

「他帶我到床上躺下，開始解開我身上的衣服。他的動作非常輕柔，好像怕弄痛了我，我隱約可以感到四周也是黑暗的，這讓我稍稍的放了心，畢竟在黑暗中裸身是比較可以接受的吧。當我感到自己一絲不掛的時候，他吻了我，然後將我臉上的眼罩拿下。妳知道嗎？我看看滿天的星星在我的上方，原來他床上的天花板有著隱形的星空彩繪，聽說白天是看不見的，在夜晚經過效果燈照射後，就會看到圖案。滿天星星，妳可以想像我有多麼的驚喜。」

素妍的裸體形象在我的想像裡浮現，我想，這會是一幅美麗的圖畫。

她停頓下來看著我，似乎等我發問。

我說：「妳知道我想問什麼嗎？」

她說：「我不知道他叫什麼名字。我們在一起有一個多月了。」

「為什麼？」

我低頭將桌上的白開水一飲而盡，素妍十指交錯，平放在桌面上，她的手肘上有短短的汗毛，在暈黃的桌燈反射下，有毛絨絨的錯覺。她看著我，沒有回答。她的咖啡還剩下半杯，好像沒有意思要喝完它。我環顧四週，週日下午的咖啡館是熱鬧的，整個咖啡館是滿的，像咖啡的醇香一樣滿的，連人們的話語也是滿的，幾乎要到溢出的程度。客人的年紀看來都不是很年輕，至少沒有青少年，因為這家咖啡館賣的是頂級咖啡，沒有任何一杯飲料是低於兩百五十元。坐在門外露天座椅的客人，還有人抽著雪茄，濃稠的煙味總是在開關門的一瞬間溜進來，故意要惱人鼻息。客人以中年女性居多，個個穿戴整齊，雖不至於盛裝打扮，但也絕對是在鏡子前審慎的打理過儀容。

素妍和我坐在靠牆邊的位置，說是牆壁，卻是整面鏡子。坐在旁邊，有著完全無所遁形的感覺，我看到自己的身體，桌面下的坐姿，我捧著杯子的姿勢，手指頭的位置，都逃脫不了自己的視線。素妍則是完全忽視了鏡子的存在，從頭到尾沒有望上一眼。

我往天花板看去，幾盞水晶小吊燈閃亮亮的照著，我想著她說的滿天星星，和那男子的吻。

我終於問了：「然後呢？」

素妍笑了，她說：

「我一邊看星星，他一邊……你知道的。一直到我達到高潮。」

她低下頭，聲若細蚊，說道：

「昨天晚上我達到高潮有五次呢。」

聽她說到此處，我感到身體發燙，嘴巴合不攏，想笑也笑不出來，想哭也哭不出來。

我突然更明白了素妍的淚水，我想像著那是可以飛翔的淚水，這淚水可以讓生命從虛弱中出走，讓空虛消失，讓肉體復活。

「高潮是什麼樣的感覺？」

我開口問她，卻覺得像是在問自己一樣，頓時臉頰發燙。搞什麼東西呢，生過三個孩子的媽還問這種問題。這種問題的答案就好像學生時代讀遠古的中文，每個字都認得，放在一起卻完全不知所云。明明短短數十個字，翻譯成白話文卻洋洋灑灑一整篇，變魔術似的。好歹也做了七年的床上運動了，知道除了有強健體魄，傳宗接代的功效，還有什麼樣的附帶收穫呢？

也許有吧，時日久遠，已漸遺忘。

素妍晶晶亮亮的眼眸，是肉身得到滿足後的後遺症嗎？

她握住我的手，輕輕的說道：

「在遇到他之前，我完全不知道原來這種事是可以驚天動地的。」

驚天動地……

素妍在她的心裡描繪著昨晚的激情。

我在歎息。

14．怎麼能夠這麼複雜

昨晚的激情像天邊無解的星星。

像在夢裡，肉身脫離理智，獨留澎湃的心情。

只有深邃的眼睛，遙望那不可及的祕密。

素妍的眼睛在天上的星辰裡，在遙遠的銀河和宇宙，在深奧的黑洞和星球中旅行，而他卻游移在她的密道裡。

她呼喊呻吟，感到自身的渺小和絕望，卻又在高潮的過程中感到全身蓄積了不可思議的力量。

她飄飄欲仙，全身都在發抖，他從她的兩腿間，爬到她的耳旁對她說：

「妳看，我們多麼渺小，但是在億億萬萬光年中的宇宙裡有妳的肉體，可以帶來這麼美妙的感受。妳真的是太美了，我愛妳的身體，妳的每一吋肌膚和我的舌頭可以進去的密道。」

說完話，他再吻了她，他的舌頭進到她這個啟動心跳的口腔內，和她糾纏，然後再重新回到她的兩腿間，進到另一個讓心跳加速的深淵，讓柔軟的舌頭繼續享受著甜美的汁液。

她的雙腿夾緊他的面頰，她希望他永遠停留在那個地方。

一光年是多遠呢？

我望著空著的咖啡杯想著素妍的星光之旅。

光年，光走一年的距離。

光速，每秒299,792,458米，能在轉瞬間繞地球七圈半。

一光年就是光跑了一年的距離。

31,536,000秒×299,792,458米=9,454,254,955,488,000米

=十萬億公里。

=等於一光年。

據說宇宙誕生到現在約有一百五十億光年。

宇宙始於大爆炸，而素妍的身體在達到高潮的那一刻，一定也是爆炸的感覺吧。從宇宙來看，微不足道。若從渺小的肉身來看，卻又無比驚人。

人怎麼能夠這麼複雜呢？

不過就是一個軀殼，卻安裝了天馬行空，無可理解的細微感覺。這些感受又支配了我們的日常行為。人的一生重覆著這些日常行為，放到地球的歷史裡連個邊也沾不上。恐龍在地球上活了一億五千萬年，人的歷史呢？不過，人類又似乎是唯一可以從性生活中得到愉悅感受的動物。

這又代表了什麼？

窗外的日光是八分鐘前的日光，眼前的素妍在夜裡欲仙欲死的重覆了五次。我坐在這兒看著自己的十根手指頭，青色的靜脈在表皮下流動著缺氧的血，它們都將往心臟的方向流去，所有血流的精神歸依，都在這一顆心。

素妍看我在發呆，問我要不要再吃點什麼。我並不餓，可是卻想塞些東西到胃裡。我也還有很多的事想問明白，便胡亂點了個簡餐，她自己卻只要了一杯白開水。

「俊為沒有懷疑嗎？」我問。

「他太忙了，他不會注意到我的轉變。」

素妍的聲音聽起來有一點失落，她自己恐怕都不清楚，在熱鬧的咖啡館裡變得很不真切。

「妳真的變得跟以前不一樣，但是我不知道妳的改變是不是因為那個人。而妳又怎麼知道是自己是變得更好了呢，還是變得更壞了呢？」

我相信是他讓素妍改變了，我也確信素妍變得更好了。但是從我口裡吐出的卻不是我想說的話，畢竟我並不想淌這個混水。

道德、教條和規範。

約定、誓言和罪惡。

背叛、社會和信念。

排山倒海而來的是從小到大習得的堂堂正正，規規矩矩。

不能出軌，不能做出社會不容許的事，很多很多的事，都是不能做的。

素妍好像可以感到我語氣裡的批判味道，她並沒有生氣，反而像是期待我的鄙視似的，這樣她就可以說給我明白，讓我有機會聽她解釋，她也有了釐清自己感受的機會。如果我只是附和，那麼順理成章，好像就變得無理可說了。果然，她的眼睛一亮，看著我說道：

「佩芸，我真的覺得自己得到了重生，雖然聽起來很誇張，但這是我真正的感受。大部分人的重生可能是因為宗教，或者是很正直，了不起的信念，在我而言，卻真的是因為一位陌生的男人。而這個男人所做的事，卻不過就是那檔事……」

我們兩個一起笑了。

人類的繁衍，全依靠著那檔事。

那檔荒謬的事。

素妍還稱「他」是陌生的男人，這點讓我不解，都做過那檔事幾次了，怎麼還能陌生，陌生便做不了那檔事，至少我是這麼認為。但是能讓女人的身體湧出快樂的泉源，對女人的身體肯定不陌生。

不過話又說回來，陌生或不陌生，又是根據了什麼？

為什麼一定不能和陌生的人做那檔事？

又為什麼和不陌生的人做那檔事之後，卻又可能開始變得很陌生？

素妍用聲音抓回我的神。她說：

「妳看妳，講到這事，妳又失了神。不過沒關係，自從遇見他，我的神早不知道遺失到哪裡去了……」

她停頓了一會兒，繼續說道：

「我從來都不在乎自己的身體，也不知道身體有什麼值得歡喜的地方。現在我知道人類的身體是多麼的奇妙。我們歌頌新生，讚嘆男人女人孕育生命的偉大。我們驚歎人體的奧妙，卻很少提到性生活的美好。像我和俊為在一起也有十年了，從來都沒有感覺到性行為也可以是一種藝術，可以美化人生。」

「美化人生……」我笑了，重複她的話。

素妍瞪我一眼，繼續說道：

「俊為也許是喜歡我的身體的，但是僅止於常規活動，他並不曾讓我快樂，或者是他從來沒有想過要讓我快樂。又或者，他根本不知道女人也應該從中得到快樂。」

素妍握住我的手，問道：

「妳呢？妳快樂嗎？」

我沒有想到素妍竟突然問到我身上。

我快樂嗎？

我滿足嗎？

我想著平日好友們碰面，總是開始問候家人好嗎？工作好嗎？先生婆婆好嗎？太太孩子好嗎？清單中的關心題目有百項千樣，就算全數問過，也不會包括「性生活好嗎」？朋友們聚會，談天說地，聊政治，聊八卦，聊是非，聊生活裡的總總細節，甚至某條暗巷裡有一家美味的麵線店，某家餐館的吧檯服務生超極養眼，都可以說個半天。

當然，也是會聊到個人較私密的部分。比方說婦科隱疾，產科資訊。月事不順，該來的時候不來，該走的時候不走。又或結紮與否，交換醫師背景資料，詢問現今手術的流程。

好奇的是，不論是多親密的老夥伴，閨房的新聞像是刻意避開的禁忌，從來不曾在友人身邊被提起，不論是什麼年紀，要談「性」，談何容易。

明明是和日常生活息息相關的「性」，無辜的「性」，為什麼我們都不願意，甚至是不敢面對呢？

為什麼我們對情慾的話題如此警戒？

健康的性生活帶來健康的人生，為什麼我們無法開誠佈公，談論和另一半愉悅的親密關係呢？

是道德上的壓抑，還是文化上的扭曲？

著名戲劇家與小說家馬森先生，在一篇名為〈器官的部位〉文章中有極富趣味的見解，他說道：

> 如果生殖器官生在人類的臉部，譬如說鼻子的部位，那就非常理想……便不再具有任何以之為羞的理由，可以像花朵一樣散溢著應有的色與香。那時候對生殖器官的展覽與觀賞，不但不再是一種偷偷摸摸引以為恥的色情行為，而且可以作為一種高尚的藝術。不同色澤和香氣的生殖器官可以代表每個人不同的性向，就像不同的植物開出不同的花朵一般。

他說：

生殖器官跟排洩器官如此接近，甚至合而為一，真是人類的大不幸。

素妍對我的沉默保持微笑。她真的變美麗了，連微笑也有勾魂的味道，帶著嫵媚和溫柔，好像心胸非常寬大，人生非常美好，好像天塌下來也會有人幫她擋著。

「人生苦短，我想試著明明白白的過日子。」

她溫熱的體溫從手裡傳了過來。

「我不知道我們能維持多久，就這樣維持一個單純的關係也好，我要好好善待我的身體……」

「素妍，你們的關係說起來並不單純的。我不知道這樣的關係有沒有問題，會不會有什麼後遺症？」

「別擔心，我會小心的。還能怎樣，他那麼年輕，我都是老女人了，難不成還改嫁。妳呢？別盡說我了，最近有什麼新聞？妳有和美玲連絡嗎？」

「沒什麼新聞，還不是每天吃三餐，顧小孩。當家庭主婦不就是這麼一回事嘛，老公也是每天朝九晚五，七年之癢剛剛才過，看起來暫時還不會有什麼八卦。」

說到這兒，我想起美玲，上星期才跟她通過電話，她的新聞可多從來沒有停著呢。

15・一切歸零

美玲、素妍和我都是大學同班同學。美玲的年紀較我們長了十歲，大學畢業證書拿到的時候，她的兒子已經國中畢業了。因為她的經歷特別，作為一個單親媽媽，在一群年輕女孩的身邊，自然得到同學們的另眼相看，一直被尊稱為「大姐頭」。

大姐頭個頭並不大，一百五十五公分，算是矮人一截的身材，但是這並沒有使得她低人一等，大部分的情況反而是常常有同學拉把椅子往她身邊一靠，委婉的問道：

「大姐頭，有空嗎？想聽聽妳的意見。」

大姐頭總是放下手邊的事，抬起頭來，轉過身子回答道：

「有事也要放下，妳們這些小女孩兒的事，就是我的事。」

當然我們這些小女孩兒還能有什麼要緊事，不過就是和男同學們之間有的沒的感情問題。有些比較麻辣的，可能涉及親密關係、安全防護、避孕等問題，大姐頭會壓低聲量，從書包中掏出用包裝紙包好的小東西，看不出是什麼，交到同學的手裡，然後輕拍一下對方的手臂，好像叫人放心，一切都包在她手裡似的。同她諮詢過的同學，大多能滿意的離開。只有少數幾個來自上流家庭的同學和她保持著距離，好像覺得她那樣不明不白，密醫模樣加上單親媽媽的身分，會降低了高等學府的格調。

不過，高等學府又怎樣呢，難道就不搞男女關係或吃喝拉撒嗎？美玲可不信這一套。其實，美玲能有什麼真本事呢，不過就是個性潑辣，敢怒敢言，比我們都早經歷了男女情事，瞭解了許多當時我們還不瞭解的世情。學生時代能有什麼讓她發揮的，她仗著自己是一個孩子的媽，從嘴兒吐出來的話，一向都不給人留情面。不過也是衝著這些有的沒的，我們都是她忠實的粉絲，篤信的教友，臣服在她魅力下的迷惘者。

她的事蹟可多著了。

比方說，班對吵架了，她就堵住男方，訓了人家臉上青紅一陣，也不管是誰對誰錯，反正是站在女同學的立場。若聽說某男同學和別人劈腿了，她一旦求證過，少不了又是砲火連發，就是成為第三者的女孩也被她堵著說教。如果這介入的女孩，不知男方已是名草有主，她就勸人家想清楚這樣的對象怎麼靠得住，要對方睜亮眼睛，別被矇了。

若是這個第三者明知男方已有交往的對象，也許都還和女朋友上過床了，還來湊一腳，她就分析現實給對方看，同樣都是女生，何必推別人下火坑呢？說情動理，弄得身為第三者的這位女同學一把鼻涕，一把眼淚，又愧疚，又悔恨，馬上和男主角斷交。

美玲勸退第三者後，回頭可不是湊合物歸原主，而是說服原主棄物。總之，劈腿的男主角都不會有好下場，大姐頭美玲會讓周遭的每一個女孩知道這個男孩不可信任，列為拒絕往來戶。這讓她在男學生堆裡是惡名昭彰，女生們則多將她視為諮商的心理師，有苦的吐苦，沒苦的就聽聽大姐頭她自己用慘痛的經驗所學得的人生觀。想交男朋友的，就先去查看由美玲精心記錄的花心黑名單。

據她說，她是在高二時偷嚐禁果的。當時因校外聯誼認識了那個「畜生」。美玲一直都是這樣稱呼他，我們沒有任何人知道他的真實姓名。她說那畜生用盡心機，花言巧語，將她騙上了床，雖然當時美玲算是心甘情願的，但卻因為常識不足，意外懷孕。不料那畜生一聽到美玲懷孕了，從此避不見面，好像憑空消失了。美玲實在不敢想像，也非常害怕將孩子「處理掉」，只好硬著頭皮向父母秉明真相，美玲父母倒是挺著寶貝獨生女兒，且基於宗教的理由，希望她生下孩子再說，他們樂意幫著帶孫子。當然，作為一個年輕的單親媽媽實在不是件容易的事，同學或外界總會帶著異樣的眼光審視她，讓她越加憤怒。

懷孕期間，美玲將所有天下男人的祖宗十八代都罵盡了。好在有她父母的全心支持，不至於讓美玲走上偏激的路。也是老人家思孫心切，瞧著美玲的個性，恐怕不容易找到對象，若真的要按照標準的社會流程，先訂婚，結婚再懷孕生子，他們要等到孫子孫女的問世，不知道會等到民國幾年，就怕兩老屆時連走也走不動了。事後證明，他們的賭注押對了，早早的，平白得了這個寶貝孫子，樂得兩老每天含飴弄孫。也多虧了父母的幫忙，美玲自己可有餘力在社會上闖一闖。

美玲高中畢業後就放棄學業，因為沒有一技之長，換了無數的工作，大多是櫃檯店員或推銷員之類的，賺著吃不飽，餓不死的微薄薪水。最後，還是父母看不下去，且美玲的孩子也大了，他們勸她再回學校，完成大學教育。

美玲說起在產房抱住兒子的那一刻，是她此生的轉捩點。嬰兒充滿生命力的哭聲，將她的硬心腸給融化了，她的母性被激發了。她也居然第一次原諒了那個畜生，連帶的也原諒了所有世界上的男人。就現實而言，若不是他一半的貢獻，她自己哪兒來的能力搞出這胖嘟嘟的小寶貝呢。

美玲一直是我們的大姐頭，學生時代和我，和素妍，因為減肥的緣故，常常去一家強調所有烹調都是清、蒸、煮的健康素食餐館報到，自然就走得近了。沒課時還約著看電影。美玲的孩子有她父母看顧，完全看不出她還具備母親的角色。她白天照樣有充裕的時間跟我們打混，讀書，說著暈笑話，到傍晚才需要趕回家接父母的班，看孩子的功課。

俊為和素妍交往的那段時間，美玲曾多次，老實不客氣的表達對俊為的不滿。美玲說俊為的個性自大張狂，這種男人不會體貼女生，床上功夫肯定也是橫衝直撞，談不上纏綿溫柔，更達不到讓女生快活的水準。這樣直接的批評，素妍哪裡能接受，心裡頭不爽，面子似乎也掛不住。素妍心想，妳們嫌他，我就偏要，性生活又不是兩人生活的全部呢！素妍替俊為辯解，美玲也不是不知趣，橫豎不關自己的事，反正不聽老人言，吃虧在眼前，妳等著吧，將來妳就會想起我。

素妍的確是想起美玲了。

婚後沒有三個月，她就常常想起美玲說過的話。可是能怎麼樣，她就不信大家都是婚姻幸福美滿，總不能樣樣都好，天底下沒有完美的事。俊為還算疼她，不打不罵的，她打定主意不生，俊為剛好也不愛孩子，公婆也沒有意見，作為一個女人，要懂得知足。既然十年都過去了，沒有理由過不了下一個十年。所以，素妍每次打電話給我，總是會問到這位大姐頭的近況，她是記得她的好的。好幾次我想約三個人一起吃頓飯，沒想到東拖西拉，每次一想到聚會，就被幾件無關緊要的瑣事給耽擱了，這一擱十年就過去了。素妍和我，我和美玲，各分兩隊碰了不少面，三人行卻一直未行。

在咖啡館，我提起往事，對素妍說道：

「我們三人碰個面吧，妳這腥辣的故事，美玲鐵定愛聽。我來約下個周末如何？她經營一家酒吧有六年多了，妳應該要去看看，我們剛好可以聚個會，喝一杯。」

「酒吧？我記得妳跟我說過，怎麼就六年了過去了。她果然是大姐頭的作風，我可以想像她當老闆娘的姿態，一定很迷人的。」

「妳記得從前她說的話嗎？妳不會還在生她的氣吧？」

「妳是指她討厭俊為的事嗎？唉，怎麼會呢？不經一事，不長一智，只不過這個代價高了些，竟要用三千多個日子來印證當初的單純，還是說愚蠢呢。」

素妍歎了一口氣。
「妳知道她兒子都已經二十五歲了，美玲也才剛過了四十五歲的生日！我有去她的店裡一起慶生。妳一定無法想像當初看到我們看到她的兒子還是一個小毛頭，現在長得多高多俊了。」
素妍微笑。我鼓起勇氣問她：
「妳真的決定不生？」
「不生。都走到這個地步，更沒有理由生孩子了。」
「妳說的地步，是什麼樣的地步？」
她又笑了，我卻聽得出這個笑是個掩飾，她的視線投向櫃檯，似乎在觀看服務生煮咖啡的動作，但是眼神卻是茫然的，我的心陡然的緊了，這個陌生人不只闖進了素妍的身體，連帶的心裡也進去了。
她自己難道不知？
我突然有了個不祥的感覺，好像平衡桿的兩端已經不平衡了。
「人總是會變的，可以越來越好，也可能越來越糟，強求終究是無用。俊為休想為此事怪我，當然我自己也沒有什麼光明正大的理由去責怪他。」
「妳是指你們不生孩子的事嗎？還是妳跟他兩人之間的事？」
「佩芸，妳真傻，我們從來都沒有想要有孩子，所以只會是我們兩人之間的事。自從我遇到那個男人後，我就看開了。如果哪一天我跟俊為離婚，希望妳不要太訝異。」

「妳才剛跟他在一起沒有多久，不會是因為他就要離開俊為吧？這樣的賭注下得太大了，在台灣離婚可不是開玩笑的。我有個朋友以為離婚沒事，被先生聘了聽說很厲害的律師，結果她根本都還搞不清楚狀況的時候，轉眼間小孩房子全都歸給先生了，所有的一切努力好像重新歸零。」

素妍搖搖頭，不勝唏噓。

「我知道。但是，如果幾場完美的性愛就讓我決定離開俊為，妳就會知道我們的問題有多大了。」

「妳確定那個人是妳想要的人嗎？或如果他只是玩一玩呢？」

「那就玩吧！我不會有損失的。」

「哎呀，想清楚，別給愛沖昏頭。這可不是開玩笑的，而且怎麼沒有損失，女人損失可大的了。」

「這可不一定，我可以決定如何使用我自己的身體，只要是兩情相悅，不管結果如何，沒有所謂誰吃虧的。」

「隨妳怎麼想，總之要知道照顧自己。我看俊為也不是多糟糕的先生，別把路給堵死了。」

「他糟不糟，妳又怎麼知道？即使到今天，我自己都還搞不清楚的，更不知道他到底身邊有幾個女人。」

說到這裡，她從皮包中掏出一張相片放在桌上，告訴我她發現相片的經過，然後沉默不語。

我拿起相片端詳，發現俊為發福了，距離我上回在婚禮看到他的時候，下巴更圓，似乎更有財氣。他的雙眼細長，笑起來時，瞇成兩條線，和我幼時的塗鴉很像，每次畫人的眼睛時，就用兩筆線條帶過。看是要生氣時的上揚線，還是高興時，畫出如ＫＫ音標裡發出「餓」音的Λ符號。

俊為在相片裡笑得合不攏嘴，眼睛也瞇到不能再瞇了。看得出他是月亮，女同事們則像眾星般拱著他，他正陶醉在女人堆裡。以他的條件，誰不愛呢？錢和權自古以來就是男性的最佳利器，用來招攬女子，所向無敵。偏偏素妍一向孤僻，成天躲在家裡，又哪能管得住俊為呢。

世界上這種財大勢大條件的男人，哪一個是會是在結婚後還獨來獨往的？誰不知道他們身邊的夫人一定也得花枝招展的隨侍在旁，名為夫唱婦隨，實為看管和阻擋有心人士的接近。素妍沒做好這把關的動作，自然將自己放在了一個不利的地位上了。

這一張相片中的俊為和身邊的女子坐在餐桌旁，女子的頭斜靠在俊為的肩膀上，雖然看不到他們兩個人的手，但是從表情看來，餐桌下的手一定是互握著，說不定俊為的手掌還放在她的大腿上呢。

妳就是會知道，從一個女人的角度觀察，憑直覺，憑他們看起來恩恩愛愛，憑一個女人不會平白的將頭斜靠在男人的肩膀，這代表依靠，小鳥依人，安全的靠山，或是彼此曾以肉身溫存過對方的心。

相片裡的女子和俊為在一起已經有一段時間了。

素妍輕描淡寫的說：

「這樣也好，真相大白，我也不想渾渾噩噩的繼續過日子，趁著自己還在有效期限內，趕快做一個了結。」

「有效期限？」

我疑惑著，素妍跟我解釋了她的想法，我哈哈大笑，一邊也想著自己的有效期限不知道會是什麼時候。

其實，我們誰能具體的說明事情的真相呢？

但是，婚姻就是這樣的東西。

兩個人點頭蓋了章，領了證書，開始執行妻子和先生的角色，一起睡覺，一起吃飯，一起製造下一代。然後，幸運的話，一起老去。看起來很單純，再簡單不過了，實際情形卻是完全出乎意料之外的混亂。從擠牙膏之說到掀馬桶蓋與否，什麼出軌的理由都有。總之，要維持婚姻絕對是一件大工程，除非，人們願意睜一隻眼，閉一隻眼，誰也甭想試圖改變對方，或天真的以為結婚後一切就會好轉。

不會的，人就是人。

世界上最聰明也最脆弱的動物就是我們，管他馬斯洛的五大人類需求。什麼生理的需要，安全的需要，愛及所屬的需求，自尊和自重，及最後的自我實現。光是這第一層「生理的需求」，就夠彆扭的了，夠浩大的了。這關過不了，什麼都別談，連愛也談不上。

素妍從我手中拿回相片，反放在桌上，說道：

「我只是不瞭解，他為什麼要沖洗出相片，存在電腦裡不就可以了嗎？」

「一定是那個女的叫他洗的，這樣她可以放在相框裡，搞不好她家裡到處都有她和俊為的合照。」

說完，我自己打了個嘴巴，素妍倒是笑了，她說：

「這樣最好，省得我折磨自己的良心。」

素妍離開咖啡館後，打消了坐捷運的念頭，雖然搭捷運，用不了十分鐘就可以到家了，但是她只想走路。這回家的路上會經過一座公園，而自從她從老屋中走出後，她就愛上走路了。

走路可以定神，可以專心的回味彼此肉身交纏的點滴精華，可以一邊感受人群匆忙的腳步，對照出自己的沉靜，滿足。可以在茫茫人海中感受緣分的無可捉摸，而他呀，是天賜給她的禮物。

她走進公園，在湖邊的長椅坐下，視線投向遠方的湖面，思緒快速飛轉，一瞥眼卻見到湖邊栽種著幾株朱槿，雖然不如校園當時一整排樹叢開滿紅花，那樣火辣喧囂，簡直如舞會般的熱鬧。這幾株栽種在盆景裡的扶桑，點綴著數朵五瓣紅花，倒顯得靦腆，花色呈暗紅，好像經過時間空間的洗禮，素妍和扶桑都更加收斂了。

幾片枯葉在水面上隨風迴旋，隨意漂流，在沉入水底之前，枯葉能見到了世界的廣闊嗎；沉入湖底時，能見到湖底的深幽嗎？又也許它會漂回它出生的岸邊，化作春天時滋養繁花的泥土，在花香裡長眠。

她想他。

她的心底藏著萬語千言。

她想看到他黑亮的雙瞳從她的身體吸取能量後，閃著光芒。

而她的身體呀，像是眼前的湖面，閃著鏡光，一派平和，帶著與世無爭的溫存，而鏡光之下，孕藏著豐富的感情與生命，藉由他的肉體，她被活化了。湖已不是湖，她也不是她了。

她突然想起俊為曾對她說過的話：

「我們結婚吧，妳就可以遠離孤獨，我會照顧妳。」

素妍斗大的淚珠滾落面頰，她趕緊擦了，快步走出公園。

16‧秋老虎發威

素妍傍晚回到家時，俊為還沒回來，他說去健身房了。

今天晚上她特地撐著不睡，猛灌著咖啡，等著俊為回來，她很想好好的和他說說話，吵一架也好，她希望能從俊為的身上，證明自己的所有結論。

「俊，我今天跟佩芸碰面了。」

晚上十二點，素妍站在書房門口，掩不住憂心，對著才剛進門，正在脫西裝外套的俊為說著。

俊為有點漫不經心，回道：

「真的？她還好嗎？」

「看起來不錯。老樣子，一點都沒變，我們還約下次要去找美玲。你呢，今天跟誰運動？」

俊為笑了一聲，走出書房，並沒有帶上門，經過素妍身邊，應付似的說了一句：

「還不是那些老同事。妳多出去走走，自己高興就好。」

素妍還想多說幾句的，可是俊為才說完話，沒有再看她一眼，逕自往浴室方向走去了。

她突然聞到空氣中飄散一股香氣，那是俊為經過她旁邊帶來的。素妍遲疑了一秒鐘，回頭看俊為已經走進了浴室，她鼓起勇氣踏進他的書房，她將鼻子貼近掛在牆壁上的西裝外套，香水濃郁。她趕緊退回門外，現在整個房間已經充滿那個異味。

素妍想起來，這五年多來，她曾多次在書房前擦地板的時候，空氣中偶而會飄來一陣淡淡的香味，像玫瑰，又像盛開的百合，是花的氣息，因為很淡，素妍總是以為可能是隔壁鄰居種了什麼奇花異草。

風吹，便散過來了。

風散，香氣仍存在。

多少年來，變換過不同的味道，而此次，芬芳久久不散，好像已經成為俊為體味的一部分。

原來這朵花一直種在自己家裡，種在俊為的身上。

素妍悄悄的走到廚房，她不想去臥室睡覺，俊為正在浴室，她也不想見到他。

她再度燒開水，拿出即溶咖啡，在熱水沖下去的一剎那間，顆粒散得無影無蹤，化作一杯陪伴她渡過多少長夜的苦水。她一向不加糖，先用湯匙攪拌，再將鮮奶沿著杯緣緩緩注入，她喜歡看著像漩渦狀般的牛奶和咖啡攪和在一起，最後茫茫然分不清彼此。

喝了一口咖啡，她看見俊為回臥室去睡了。

驀然之間，婚後一切點滴清楚呈現在眼前，脈絡可循，歷歷在目。

漸行漸遠不過是因為俊為早已移情別戀。

她想要的是什麼？

她還想要挽回什麼？

她還要他嗎？

走出去就好了。

老屋中的他幫助素妍跨出第一步，也因為這一步，她在命運的軌道上連接了以為消逝的肉身，以完整的一個女人，繼續走下去，不論會到什麼地方。

隔天下午，盆地裡的溫度陡然上升了，素妍換上輕便的洋裝，好像在回應一個看不見的指令，走出家門，走上大街，因為耐不住身體的躁熱，她招了一輛計程車。一躲進車內，百合的香氣直撲上來，盛開的香水花瓣因為放在冷氣的出風口，被風吹著而微微顫動。素妍生氣了，為什麼是百合？又是百合！百合的香氣堅定了她前往目的地的動機。

司機親切的說著：

「熱喔，秋老虎發威！」

素妍幾乎想要向這位中年的歐吉桑吐露她去老屋的目的。如狼似虎，是在說她嗎？她狠狠的捏了一下自己的大腿，覺得車內的冷氣快要將她烤焦了。窗外的樹影車影都有了笑聲，連百合也開始不耐煩起來。

素妍一進屋，他們就在門後激烈的擁吻了。因為太過激烈，似乎都想將對方吃下去，已經不像在吻著了，而是啃咬著對方，一邊咬，一邊吃，一邊撕扯掉彼此的衣服。等到差不多一塌糊塗了，衣服散亂一地，肩膀脖子印著一塊塊的齒痕，他們必需更換新的戰場。

然後，素妍閉起眼睛，讓他抱起。他將她放在床上，翻轉她的身體，讓她的臉朝下平躺著，她想翻正身體，但是他壓住她的肩膀，低聲要她別動，素妍不知道他要如何對她，她已經身在雲端的肉體，無端的又升高了溫度。她完全不知所措，也不敢回頭看他，接著，他趴在她的背上，頂開她的雙腿，由後方挺進。素妍一聲驚呼，他已完全貼在她身上，結合了。素妍從未體驗過此姿勢，只感到他深深的在她的體內膨脹著，推動著，他的雙臂往下環抱住她的乳房，舌尖舔著她的耳朵，她想避開他的唇在她的耳邊低語，但是他總是不放過她，她不斷呻吟扭動，幾乎是配合著他的動作，兩個糾纏的肉身化成一個完整的藝術品。因為過度的喜悅，臉部肌肉呈現出扭曲的神情，他們的四肢交疊，化成千年神殿中的白色雕像，大理石的白，有青藍色血管的紋路，遊走於當下的四肢百駭，遊走在時光的腳印中。

他們纏繞，滾動，翻雲覆雨，驚天動地。

當素妍達到高潮時，他用力挺住了，射了精，精液裡有無數活生生的生命。他們又再次餵飽了彼此肉身的飢餓，填充了空洞和釋放了壓抑，用肉身的結合達到了目標。

兩個人全身汗濕平躺在床上，他側身望著她，素妍將被單拉上，蓋住身體。

他的手輕撫著她的臉頰，問她：「舒服嗎？」

素妍答不出話來，她無法告訴他，她是多麼沉醉在性愛裡，她全身的細胞都開了孔，好像到了另一個新的世界，不過，他一定是知道的。她的身體從來都藏不住秘密。

他說：「我得睡一會兒，晚上要上班。妳可以留下來陪我，或是要先離開都可以。」

說完，他平躺，閉上了眼睛。

素妍很想問他在什麼地方上班？他幾歲？他有沒有女朋友？他的家人住在什麼地方……他，喜歡她嗎？

她有滿腔的問題，但是他將眼睛閉了，她不想再打擾他。不過，她終於知道他是有工作的，雖然是這麼一丁點兒的資訊，總算是有了起頭，她想多認識他，她知道這並不是一個好主意。

素妍躺在他的身邊，陪著他，捨不得離開。

她數著他的睫毛，注視著他每一個毛細孔的位置。

她聆聽他呼吸的聲音，她將自己呼吸的速度調成和他的一樣，然後她想像當他在她體內時，他們動作就如同呼吸一樣的順暢自然。

這個地方，就像是她的出生地。

素妍睡著了。

17．人生如風而逝

他醒來時，見到素妍居然還在他的身邊，他的嘴角上揚，側身望著她。

他看著她蜷曲的身體，好像一隻窩在草堆中熟睡的小動物。

她的頭髮散亂在枕頭上，彷彿是一幅潑墨畫。其實，眼前的景像就是一幅黑白色的山水國畫，素雅潔淨，幾筆線條帶出氣象萬千的澎湃山水。

她的軀線，如山巒起伏，一叢黑，是火山的出口，埋藏了她全身的熱度。

他屈服在山腳下，眼望一座攝人心魂的肉身。

他在雨中第一次見到她時，雨水浸濕了她的衣裙，他想，多麼性感的身體，他想要成為淋在她身上的雨水。

雨中的她，楚楚可憐，他突然想試試看自己的機會，沒想到她竟停步了。現在，他的身邊有了一座女體，供他朝拜，他開始心跳加速。

他側身將臉埋進了她的胸部，捧起乳房，輪流的吸吮，她美麗的身軀，就像是天下掉下來的禮物，他要全心的珍惜。他慎重地用嘴含著她們，轉動他的舌頭，不願意冷落任何一方。他開始著急了，動作加大了，素妍醒來，但仍閉著眼，她用手將他的頭緊緊抱在胸前。她要感受他的體溫，她要聽到他的喘息。她要給他想要的，而其實他們想要的東西是一樣的。他們撫摸著彼此，像石塊碰撞磨擦，直到火星濺了出來。

素妍突然起身，對他說：

「你躺平。」

他匆容的看著她，將雙手枕在自己的頭下，等著她的動作。

素妍看到了他挺立的下身，多麼有趣的畫面。男身的構造竟是這樣剛剛好的，放在兩腿間，現在因為她，他醒著，昂起頭，驕傲地在審視她，她知道這是等待和期盼的意味，因為他正在尋找入口，一旦有了安身的地方，他就可以發揮他最大的功能，將他們兩個人生推向另一個境界。

素妍低著頭，輕輕的爬到他的身上，他扶著她的臀，引她坐好位置。她坐下了，他們彼此都發出了聲音。

從來不曾這樣，像一個無畏的女人，掌握了主動的契機。坐在上面的感覺竟讓她癡狂，彷彿在釋壓。素妍使出力氣，簡直奮不顧身了，她忘了身在何方，也不管是誰在她的體內了，她現在成為一位女騎士，緊抓著他的胸膛像握緊了馬鞭，她快速的奔馳，四周景物像風般隨身而過。

人的一生哪，如風而逝，只有當下她的汗水和淚水是真實的。

他讓她躺在他的身上，輕撫她的頭髮。

時間靜止在當時。

時間也悄悄的流逝。

他說：

「我得要上班了，但還有一點時間可以一起走過公園，如果妳有時間跟我一起走。」

素妍的淚水順著眼角，滴在他的胸膛上，流進他的心底。

她在心底喊著：「我願意。我願意和你一起走。」

終於要和他走在光天白日下，這是否意味著彼此關係的轉變呢？

不可否認，每回她離開老屋，總是極度的歡喜，卻也是極度的悲傷。她以為這樣的相交可以填滿空虛，卻在回家的路上更加痛苦，她不能一直將他視為填補空白的飯後甜點。

她想要更多了，多過一夜更好，多纏綿一次更好。

如果能一起相擁入睡，清晨醒來時，身邊有一張溫柔的容顏，青春就會回到她的身邊。

他們在公園一前一後的散步，通過公園的那一頭，就是他搭公車的地方。

他突然回頭對著素妍微笑，這笑像是春風吹過大地一般，原野上到處綻放著年輕的花蕊。如果素妍順著心的呼喚，她想勾住他的臂膀，兩個人可以像情侶一樣，會是一個新的開始。

但是她猶豫著，雖然是俊為背棄了她，而他，會是所有一切的答案嗎？

公園裡走著或坐著的，是一對對生活上的伴侶。年輕時的自己也曾經走在這樣的路上，幸福的滋味給了她一生一世的承諾，讓悲傷遠離著她，讓鳥兒歡唱的歌聲成為她的食糧。然而她並不知道，她的心都在踏入禮堂的那一刻起，開始漸漸步入死亡。

「我以前常常到這個公園散步，那時候的花草樹木還沒長得那麼好。」

素妍走在一株樹旁，輕撫著樹幹，繼續說道：

「你看，這棵金龜樹長得多優美。它的樹形這麼奇特，我幾乎是看著它長大的，多少年了，時間的洗禮對它是帶來更堅壯的枝幹，夏初時開著細細碎白的小花，伴隨著花香，我常常站在樹下，覺得這簡直是上天的恩寵，特別派遣這些綠色天使來給人安慰似的。只是，有時不免感歎，年歲增長，對我而言，只是各方面的退化罷了，對於大自然而言，卻只是更加漂亮。」

她拾起一片樹葉，放在他的手裡。繼續說道：

「你看這葉片像不像一對翅膀呢。聽我媽說，我小時候會在地上撿一大堆，然後用力往空中拋，看它們飛旋而下，興奮得大叫大跳，完全瘋了的樣子。雖然這真的是久遠以前的事了。」

說著，素妍自己笑了，笑出兩滴淚珠滑落面龐。

他捧著葉片，聽她繼續說道：

「大自然也是要花開花謝，潮漲潮落的。我們雖然知道世間事沒有永恆不變的，我們每天都在變。但是變化並不會帶來痛苦，而是我們認為不應該變的卻變了，這是執著，這才是我們痛苦的來源。」

他止步，面對著她，說：

「妳們這些女生就是想太多了。」

說完，他輕輕撫了她的頸子，素妍全身一震。

素妍伸手輕拍了一下他的頭，他沒躲開，回打了她一下，兩個人笑了開來。

他繼續說道：

「天氣這麼好，我還要去上班，這才是痛苦的來源。」

「我也不知道。」

素妍喃喃自語，她仰頭看著近傍晚的天空，朦朧中一顆小星子已泛著光，好像在迷迷糊糊地眄著眼，她突然覺得累了。低頭踢一踢腳旁的落葉，他靜靜的看著她，兩顆心都不知道飛到哪兒去了。

18·好小子

王豪從小沒有兄弟姐妹，這還不算什麼，他連父親也沒有。沒有父親也就算了，他還是由祖父祖母帶大的呢。雖然有母親，但是母親很忙，只有到了晚上才有機會看到她。在王豪成長的過程中，雖然並不缺乏祖父母和母親無微不至的照顧，可是，就是少了一點兒東西，說不上來的，如果不去鑽它，幾乎看不見它。但是當你用力想的時候，它就現身了，刺你一下。說不上是痛，總是有點兒不舒服，尤其是當同學們說道我爸爸怎樣怎樣的時候，或是被同學或大人們問說：

「你爸爸是做什麼的？」

每次碰到這種問題，他的心就會緊縮一下，得吞一口唾沫才能講話。

王豪的母親告訴他：

「爸爸在很遠的地方工作，太遠了，所以不容易回來。不過，他常常打電話問你好不好？乖不乖？有沒有聽媽媽的話呢？」

他依偎在母親的懷裡，問道：

「那他打電話來的時候，為什麼不跟我說話？」

母親摸著他的頭，說：

「爸爸打電話來的時候你都在睡覺了，怎麼捨得把你叫起來呢。睡眠對小孩子來說太重要了，反正以後有的是說話的機會。」

說完這些話，母親就會緊緊的抱住他，好像希望他保持安靜，讓他不自覺得將許多的問題放在肚子裡，直到天明。

因為父親是在很遠很遠的地方工作，這讓王豪可以隨意的想像父親的工作內容，他曾跟同學說自己的父親是漁夫，一出海就是半載一年的，所以聚少離多；或是說父親是海洋科學家，必須待在南極的船上做研究，很久很久才能回來一次；或是說父親在非洲開木材工廠，做伐木的生意，要等到樹林消失了，他才會回來……

所有的幻想中，他最喜歡的是將父親想像為一位天文學家，在美國太空總署工作，以後等他長大了，就可以去美國找他。因為天空就在他的頭頂上，他看到的星星，父親也會看得到，既然同時都能夠看到，彼此的距離一定不會太遠。

王豪升上國中後，母親口中所說的「反正以後有的是說話的機會」並沒有實現。有些東西也開始漸漸明白，他知道，不管父親是做什麼的，他永遠也不會回來看他。沒有父親，好像並沒有讓他成為一個不完全的人。相反的，看著母親和祖父母一路辛苦養他，他比一般人有了更纖細的情感，是內斂的，悄悄的放在那兒，等著有一天，遇到一個人，有了自己的家庭，他會是一個永遠陪伴在孩子身邊的那一種父親。

不過，還遠著呢。

王豪的青少年期過得並不是一帆風順。他不太愛讀書，功課應付得七零八落。有一年暑假沉迷在線上遊戲裡，整整三十天沒有出門見陽光。結果隔年高中畢業，沒考上國立大學。那年的暑假，他就被母親叨唸著出去打工，要他幫忙賺一些私立大學的高昂學費，減輕家裡的負擔。

沒想到這個暑假的打工，卻打出了一段綺戀，這卻是他母親始料未及之事。

大學入學考試結束的當天，王豪就到住家附近的餐館工作了。這家餐館規模不大，但是營業了不少年頭，有許多的老客戶，常常帶著一家大小在這兒叫幾盤快炒解決晚餐，兼幫孩子包個隔天的便當，川流不息是說不上的，但是高朋滿座的狀況，一週裡也會碰個三四回兒。十個大圓桌，加上五個四方桌，客滿時，服務生和工讀生，也是忙得汗水直流，腿都要走斷了，通常要到晚上九點過後才有機會坐下來喘口氣，喝個水，報怨一下今天的客人。

餐館老闆娘原本人稱高太太的，也有人叫她醫師娘，和先生離婚後，大家都改口叫她許大姐。聽說許大姐婚結得早，育有一男一女，後來先生外遇，她先生計劃和外遇對象移居加拿大。許大姐不吵不鬧，沒上吊，立刻同意離婚，但是為了考慮孩子將來的學習問題，她毅然決然要求先生帶走兩個孩子，提供給他們最好的教育環境，但是得留下這個餐館讓她繼續經營。

他們出國前，她和那女子約見面，聽說許大姐聲淚俱下，只求她幫忙好好顧著孩子。當時許大姐的兩個孩子也都到了國中的年紀了，又不用餵奶換尿布的，而且個性乖順，學業優秀，說不上是拖油瓶。那女人也是淚水滾滾而下，既要求許大姐原諒她這位第三者，也應允將兩個孩子當自己的孩子看顧。

兩個女人，一為情，一為子，完全接納也寬恕了對方。

有人事後轉述了許大姐當時的話，她說：

「一個做母親的還能圖什麼呢？只要對孩子是好的事，對他們是有利的，能幫助他們的前途的，縱然心底千刀萬剮的，也要含笑答應。」

聽說，去機場送行回來後，許大姐在門口掛了牌子，說是內部裝潢，歇業三週。再開始營業時，內部沒有什麼改變，倒是許大姐自己整修了一番。

她將及肩的捲髮給剪了，變成俐落的赫本頭，染了色，在餐館日光燈下閃著暗紅色的光。塑膠框的眼鏡也從臉上消失了，改配戴隱形眼鏡，還不是普通的鏡片，是娃娃鏡片，黑眼瞳大了一圈，簡直可以媲美漫畫裡的大眼美少女。瘦了一圈的她，穿著合身的改良式旗袍，在餐館裡走動，搖擺著，眉眼堆笑，招呼著客人，你會覺得這家餐館的內部好像真的裝潢過，粉刷過似的，氣象不同了。

許大姐真的已經不再是高太太了。

她在櫃台旁邊買了一台全新的蘋果電腦，因為她聽說這款的電腦不容易壞，不會中毒。她叫人來裝了寬頻，攝影機，接上耳機，還報名上了三個多月的電腦課，學會了收發伊媚兒，知道怎麼用MSN或Skype。她很快就熟練了，有時在下午的休息時間，許大姐會坐在電腦前熟練的打字，說話，在視訊中看到兒女快樂的樣子。

兒女快樂，許大姐就快樂了。許大姐快樂，員工就快樂了。她常常請大家吃宵夜，留下來吃宵夜的時間還算加班費呢。月底的小費分紅總是讓大家眉開眼笑，所以餐館的員工流動率可以說是零，不缺人的，想進來工作還得排隊等候補名額。偶有缺幫手的機會，自己內部的員工家屬就先包了，肥水不落外人田嘛，親朋好友中總有人需要點零用錢的時候。

許大姐和王豪的母親算是認識的，其實方圓十里內有誰許大姐不認識呢？又有誰不認識許大姐呢？王豪來買過幾次外帶，許大姐便記得他了。在他忙大學聯考那段時間，有一次是他母親來買生水餃，許大姐提起暑假缺工讀生，因為一個員工得請假回鄉顧開刀的老父，他的職得找人暫頂。王豪的母親當場便答應了，讓王豪暑假來打工。

悠悠長長的暑假，成了王豪一輩子難以忘懷的經驗。他在那兒成長，接觸了社會的歷練，體會到在職場與人的相處之道，而最重要的事，他認識了女人，經由女人，他也終於認識了自己。

19．酒館裡的淚水

酒館的時間是活在太陽下山之後的。

當夜色降臨，酒館的燈光亮起，夜色就迷離了，增添了惱人又焦慮的姿態。白天積壓了多少的苦楚，交給酒館去打理，它幫你消化，幫你忘卻；有多少的情愛在流轉，來到酒館，它幫你化去了稜角銳邊，只剩下溫柔和守候。

它的魅力，具備了鎮攝人心的效果，無邊無際的，任誰都可以走進來，讓酒精賜予你想像的空間。不論你何時踏入這裡，總是有熟悉的笑容和目光，迎接你的造訪。熱鬧也好，冷清，也有舒適的角落可供休憩。

美玲的酒館就是這樣一個讓人心醉的地方。

美玲在六年前頂下了好友小蔡的酒館，因為當時小蔡準備結婚，而她的先生是高雄人，小蔡婚後依夫家意見，覺得經營酒館不太屬於良家婦女應該從事的行業，便勸她將酒館賣了，離開北部，搬至高雄定居。她想起美玲常常來到店裡，一直喜歡酒館的氣氛，也有創業的想法，便問了她的意見。美玲年輕時曾在多家西餐廳打工，當過接待，也算是跟餐飲沾了點邊，兒子也成年了，沒事還可以幫個忙，自己的工作是高不成，低不就。於是，二話不說，拿出多年的積蓄和父母的熱情贊助，接下了這家小巧的酒館。

酒館的位置在鬧區的巷子裡，巷子頂寬，離巷口也近，不難找，招牌一亮，巷子就被點亮了。

酒館是屬於夜生活的，而人們去酒館的路上，也多是在夜晚。這時候的街頭總有一股似浩劫後的餘溫在流動，畢竟是經過了一整日的車水馬龍，衝鋒陷陣，街頭終於回到了暗夜的角落，藉著風的吹送，將歎息的味道散佈給遲歸的夜遊者，只要是孤身一人，你就會聽到這聲歎息，不是悲傷或憂鬱，僅僅是單純的，想好好的，呼出的一口氣。我們相約去找美玲的這一天晚上，素妍在酒館巷口等待的時候，就聽到了它的聲音。她愣了一下，不經意的想著老屋的巷口，這聲歎息，也是為她而歎似的。

素妍愛上了在下午與他的幽會，天還亮著，感覺明明白白，不會像此時此刻，她站在巷口等人時，必須面對巷子四周的幽暗。

幽暗很容易映照出憂傷，因為只有眼底的一點光可以照亮自己的心，這種時候，心事無所遁形。

還好，美玲酒館的招牌在向她微笑，她已經不記得上一次黃湯下肚是什麼時候了，好像是結婚當天喝過，不過是一杯，連讓她狂笑的功效都尚未發揮，她就步入了十年來如一日的生活。

哎，這個約，約得好，是時候了。

我見到素妍時，她已經在巷口張望，我們直接走進美玲的酒館。星期六晚上八點，我們進了「酒家」。素妍的人生也因此起了波濤。

畢業十年多了，這是美玲和素妍第一次碰面，只見美玲踩著高跟鞋，快步迎上來，她的動作和聲音簡直像是終於見到了被風火隔離了一甲子的舊時戰友似的，只差沒有涕泗縱橫。她高分貝的迎賓呼喊和結實的擁抱，弄得我們立刻成為全場的焦點，只差沒放鞭炮助陣。美玲的真情流露，帶我們一下子回到了年輕時的歲月，一切都很放縱和開心，即使有愁有苦，也夾雜了幽默的味道，當不了真。

她拉著素妍的雙臂，說道：

「妳看看妳，保養得這麼好，真的是貴婦人的樣子。」

素妍笑答：

「大姐頭，妳是風韻不減當年。妳看看妳，這麼有成就，生意做得有聲有色，羨煞我這種一事無成的小女子。」

美玲笑得很大聲，回道：

「不錯，不錯，回答得好，不枉我在學生時代對妳們的教導。」

她一邊說著，一邊領著我們往內走到靠近吧台旁的一張四人桌坐下。

素妍的神情有些緊張，大概也被美玲的熱情給嚇著了，她對我說：

「可能是因為很久沒有在太陽下山後出門了。」

我笑了。問她：

「俊為沒問題吧？他讓妳晚上上酒館？」

素妍對我眨了眼睛，小聲的說：

「他不知道我來這裡，但是我傳了簡訊給他，他知道我會晚點回家的。」

我敲了她的頭，說道：

「妳這膽大包天的小妮子，別讓俊為以為我把妳帶壞了。」

酒館裡的人聲笑聲混合著，像一陣暖風，充塞在整個空間。素妍覺得好像是魔戒裡四個哈比人在濕冷的雨天，走進躍馬驛站的場景。酒館裡昏黃的燈光，柔和了眼前的視線。美玲揚起杯墊，當在甩袖帕似的，柔聲呼叫外場的侍者。美玲口中這個帥氣的大衛，穿著無袖襯衫，挺著結實的胸膛，欠身低頭，右耳靠近美玲的嘴唇，試著要聽清楚她的話。她先用眼神輕撫了年輕侍者的身軀，然後才貼著他的耳朵，叫她開一瓶上好的紅酒招待我們，回頭悄聲對我們說：

「我只錄用身材像大衛這樣的男生，對女性消費者來說，好酒和養眼是同等重要的。」

她說完後起身離開至吧台幫忙，說有空檔時會隨時過來聊聊。

素妍這時仔細打量美玲的酒館，覺得大坪數並不見得一定美好，小巧有小巧的優點。像這家看來不到二十坪的空間，扣除吧台外，不過能放八張桌椅，每張桌子上點著蠟燭，燭光在玻璃圓杯中靜靜地燃著，綻放出迷離的光影，光影將周遭人們的眼眉都挑柔了，露出炫人的睫瞳。吧台上方架著電視，正播放著足球比賽，幾個客人一邊呷著啤酒，一邊聚精會神的盯著銀幕。四周的牆壁都是淡藍色，隨意掛了幾張星球的圖案。水星、金星、地球、火星、木星、土星、天王星、海王星……印襯出酒館的單薄，卻又巧妙地對比出想像的無限。她開始感到些許不安，等她抬頭仰望時，心跳幾乎暫停了。

天花板，滿天星辰，雖然酒館裡的燈火遮掩了部分的星光，但是，星辰仍是星辰，自顧自的閃著微光，雖然人造的星辰暴露出人們的虛假和虛妄，但是素妍瞧著出神，她仍著迷了。

天河無窮，人們卑微地在狹小的空間裡試圖營造出絢爛的穹蒼，藉以探索永恆的秘密嗎？

她曾在這樣的屋宇下用肉身來歌頌情愛的短暫，用陣陣急雨般的高潮來詠歎人類的渺小。然而，一切都好像是無望的。我們窮盡一生也無法企及的是距離，是彼此間的陌生，是光年，和數不盡的星辰。

此刻，在酒館，素妍恍然。老屋，酒精和虛無的星空，不過都是人們暫時的遊戲，遊戲總有散場的時候，天花板的星空依舊在夜晚亮起，只有當酒精讓人的神智顛倒了，妳終究以為這一切都是真的。

素妍覺得冷氣似乎太強了，她縮起身子。

大衛將紅酒送上來時，美玲也跟著過來了，她優雅的幫我們斟酒，一邊笑著說：

「人生苦短需盡歡，莫讓酒杯乾啊！難得老友相聚，咱們不要管明天是否清醒。」

我們高舉酒杯，互相祝福，好像在慶祝重生一樣。

重生什麼？

素妍拉起美玲的手，說道：

「美玲姐，妳真的是了不起，我從學生時代就很佩服妳。妳好像完全知道自己要過什麼樣的生活。」

素妍的語氣聽起來有些感傷，美玲回答道：

「我又怎麼知道自己真的要什麼了，只不過像大部分的平凡人一樣，日子總是要過的。好歹要讓家人過得健健康康，要讓自己快快樂樂。其他的，想顧也顧不了。怎麼啦，妳跟俊為不是頂好的嗎？」

素妍沒有回答，將杯裡的紅酒一飲而盡，我不知道素妍會不會告訴美玲她的秘密，只好胡亂說道：

「唉！大家的婚姻還不都是那麼一回事，朝九晚五，相夫教子，說快樂嘛，也是不錯的了，但有的時候也會感到一點寒心，覺得好像一下子就要老去了。」

美玲露出她一口潔白的貝齒，溫言說道：

「先老去的也會是我，還輪不到妳們。不過，如果讓我年輕十歲，我一定會好好的談幾場轟轟烈烈的戀愛，搞得天翻地覆才好。」

素妍笑說：

「妳的戀愛史還不夠嗎？」

美玲揚起了眉毛，手摸了素妍的面頰，正經的說：

「戀愛永遠不嫌多的。妳們還有老公，隨時都有上床的對象，我可辛苦了，得自己尋尋覓覓。找不到人的時候，只好拿電動棒自我安慰一番。」

說完，她將眼神飄向大衛，回頭對我們眨了眨眼。

我們笑翻了，臉也紅了，素妍更是差一點潑翻了酒，美玲眼明手快，一手扶住了杯子，嗔笑道：

「幹嘛呀，沒用過嗎？需要這麼激動！」

美玲再度幫我們斟滿酒，第三杯紅酒沿著食道，到達了溫暖的腹腔，腔中空蕩蕩的，只有血液在周身奔流，我們都突然安靜下來，只剩下酒館的音樂似遠又近，好像聽懂了歌手的呢喃，一會兒卻又完全忘了剛剛唱的是什麼？

此刻的夜是充滿困倦的，但酒精已和腦細胞結盟，恍惚中，大家的聲調都越來越高，尤其是素妍，她看起來充滿困惑，可是卻又好像是最清醒的。

只聽她說道：

「我可能是在完美中尋求外遇，並想藉此達到增添生活刺激的效果。」

「外遇？」

美玲驚呼，專心的看著素妍，問道：

「真的？看不出來妳會出軌呢！」

「妳這是什麼意思？我姿色不夠嗎？」

素妍假裝嗔怒，看來她真有點醉了。

美玲拉著她的手，一邊輕撫，一邊說道：

「我的意思是任何男人都可能出軌，簡單容易，而且很多時候還理所當然。女人出軌就不單單是出軌了，要有勇氣和決心，還有腸子千轉百轉的。如果不是出了什麼大問題，要女人出軌還不容易呢。我一直以為妳和俊為恩恩愛愛的，是他對不起妳嗎？」

「美玲姐，他對不起我，我也對不起他，可是，我真的是不想回頭了。」

素妍自己斟了第四杯，美玲看了我一眼，試圖從我這兒得到解釋。我對她聳聳肩，素妍自己若不說，我是絕對守口如瓶的。

何況，要怎麼說呢？難道單單只是一場雨的過錯？

一場雨的過錯。

美玲握住素妍的手，說道：

「活在秘密下是很辛苦的，很傷身喔！如果妳確定自己要的是什麼，就早點攤牌，感情的事，拖越久，傷害越大。何況你們也沒有孩子，要解決婚姻問題單純多了。」

素妍喝了口酒，像下定決心似的，眼睛一亮，說道：

「我遇到的這個人，他帶給我極度的快樂，妳們知道嗎，我的身體簡直就像重生了，我才知道俊為多麼的潦草，妳們知道我的意思吧。」

潦草。

素妍想著老屋的情色纏綿，她的下身無端的躁熱起來，如果他在她的身旁，她想爬到他的身上，向他索取至歡愛樂園的入場券，她要坐上雲霄飛車，一遍又一遍，旋轉在色彩繽紛的園地，盡情的歡笑和流淚，要在世界末日到達的那一天，向他的肉身說感謝，彷彿他賜給她新生，也賜給了她死亡，新生至死亡的過程，要求的也不過就是「不枉」。

不枉此生。

這時，一票青年男女說說笑笑的走了進來，美玲拍了拍素妍的肩膀，說了聲失陪，等會兒再聊，起身幫忙去了。

素妍環顧著四周，一邊對著我說：

「生意真好，看來我以前真錯過了不少美麗的夜……」

說到這裡，素妍突然安靜下來，只見她的雙眼直直地向著吧台望去，我順著她的目光，看到美玲正在跟顧客理帳單，她的兒子站在她的身旁，正在調酒。他動作俐落的上下搖晃調酒器，接著將調好的酒，輕巧的倒入吧台上的高腳玻璃杯，他的手部的運作，簡直像是藝術表演，很精緻，細膩，光看他的動作就覺得他調出來的酒一定很好喝。他將四杯酒遞給大衛，大衛再將酒放入餐盤，端去給坐在門邊的一桌客人。

我說：

「妳一定看不出來那是美玲的兒子吧，二十五歲了喔，妳看時間過得多快！他一直都在店裡幫忙，連裝潢都是他幫忙設計的。聽說他大學畢業有一陣子了，還不打算找正式的工作，但是美玲有付他鐘點費。聽美玲說他兒子的粉絲不少，很多女孩子是衝著他的面來店裡消費，很紅的呢。」

的確，吧台前坐了三個年輕女孩，一邊和他聊著，嘴眼都是笑意，看起來都像是熟客，女孩子們咕咕咯咯，聲調頗高，不知道是因為酒精的作用，還是只是要引起他的注意力。他在吧台內身手不停，忙著將一杯杯一瓶瓶的酒交給外場的大衛。

美玲算完帳，安頓好最後來的那群客人，再度坐到我的旁邊。

素妍的眼睛連眨也沒眨，呆呆的望著吧台，我喊她一聲：

「喂，怎麼了？好像見到鬼了。」

她好像注意到美玲已經回到她的對面，很用力的將眼神轉回來。

美玲說道：

「妳們在瞧我的寶貝兒子呀！佩芸來店裡好多次了，已經知道我兒子，他都在我的吧台幫忙。」

接著，她將臉轉向素妍，對她說：

「但是妳還沒見過他呢。長大後的他跟以前是完全不同的了，妳一定會很驚訝。待會兒我叫他來跟妳們這兩位漂亮的阿姨打招呼。妳們不知道他每天被這些小女生糾纏著，忙得很。」

美玲的語氣中含著有子萬事足的聲調，這「足」字真是好的。天下還有什麼事比看著自己的孩子長大成人來得有成就呢。

素妍的心像被用力的踩了一下，她喝完第五杯了。她的眼神顯得渙散，閃著光影，她喃喃的說道：

「他是妳兒子？他叫什麼名字？」

「王豪。他跟我姓，單名豪字，我爸媽找人算過筆劃的。不過，我都叫他豪小子。」

素妍低聲唸著王豪的名字，美玲和我對看一眼，我們都覺得她醉了。

「妳不是要叫豪小子來跟我打招呼嗎？」

素妍扯著美玲的手，央求著。

美玲笑著起身，走至吧台，拉著王豪走了過來。

他對我點頭微笑，喊了聲「劉阿姨，好久不見」。

接著美玲說：

「這位是吳阿姨，她上次看到你的時候，你這小子才十幾歲呢。」

素妍抬頭注視著王豪，王豪的眼神裡有著驚訝的光，但是一閃而過，幾乎沒有被發現，但是我看到了，我也看到素妍眼裡的光影更亮了，彷彿是一小團火焰。他含糊的喊了聲，素妍似乎想要說話，只見她嘴唇顫動，但是並沒發出聲音，王豪回頭對美玲表示，得回去忙了，美玲捏了他的手臂一下，笑著說：

「我知道你忙，她們在等你呢。別太囂張，收斂點。」

美玲重新坐下，素妍卻突然開始流淚。

如果他可以偷偷的遞給她一個微笑，或暗暗的輕碰一下她的臂膀也好，老屋的時光就算值了。可是他偏偏表現得有點慌張，卻又故作鎮定，素妍的心一下子就沉了下去了。

他無法叫她「阿姨」，是因為時間一下拉遠了他們的距離嗎？

王豪，我的愛人。

素妍低聲呼喚他的名字。

在昨日之前，他仍是個陌生人，在許多個午後，跟她在老屋維持著親密的關係，但又是完全不具關聯的。她可以不必知道他是誰，只要老屋仍在，他仍在屋裡等她，她也許可以這樣子假裝過一輩子。

用肉身與這個世界結合，用另一個身分，來鞏固原始身分的無能。

而今晚他卻突然變成了一個實際的男子，真正存在的，有名有姓的男子。更千不該，萬不該，竟是朋友的兒子。

她的幻夢碎了，碎了一地，響聲震得她耳鳴。

從今天起，是走入現實生活的開始嗎？

他還會接受她嗎？

她要如何面對他，和美玲？

我趕緊遞上衛生紙。素妍的淚簡直一發不可收拾，像水龍頭漏水了，不是滴滴答答，而是一條細長的水流，靜靜的滑過，無聲的，但充滿重量，流多了，會讓人輕飄飄的，好像身體被掏空了的那種淚。

美玲見過這樣的淚，酒館裡難道少得了淚水嗎？

酒精的催化可以除卻人們的面具，她說。

一個人的酒品可以表現出這個人真正的品德。

她見多了動手動腳，粗話連篇的醉鬼，也見過不少溫柔大方，依舊溫馴迷人的謙沖醉子。狂笑不已的浪子不少，憂愁哀哭的女子也不時出現在燈火輝煌的夜裡。她如果想測試一個男人的真面目，就讓他喝一次，大醉一次，可以胡言亂語的那種醉，那麼，所有的醜態將無所遁形。如果醉了之後的這個人妳還能忍受，還愛著，就可以跟著他了。

美玲知道素妍的婚姻觸了礁，雖然不明詳情，但不論是怎麼樣的冤家，要結束一段情都不會是一件容易的事。

她美玲自己難道不知道嗎？

20．誘惑

王豪在他十九歲的暑假，在許大姐的餐館裡，開始有了工讀生的身分。

他每天上午十點上班，下午兩點休息，先和員工們一起吃飽了才回家。然後傍晚五點再去，直到十點收工，許大姐再供一頓宵夜。反正餐館離家近，下午可以回去沖個澡，睡個覺，時間過得很快，並不覺得苦，加上許大姐這樣好脾氣的老闆娘，工作氣氛一向很愉快。

這一天是週日的晚上，因為週一公休，大夥心情又更輕鬆些，廚房的師傅提起要幫許大姐過生日，大夥跟著起鬨，員工人數加加減減也有八九人，累極了，都想坐下來吃喝一頓，慶不慶生無所謂，但是有了慶生的理由更可以加菜加酒，每一個人當然都是求之不得。

廚房師傅老江拉著許大姐坐下，另一個師傅老吳便去廚房抬了一箱啤酒出來，洗碗的柳媽將冰箱裡剩的小菜都端出來放在桌上，一邊喚豪小子去拿碗筷碟子。豪小子，好小子，自然便是王豪，許大姐聽他母親這樣喚過他，從工讀的第一天起，大夥也都跟著這樣叫了。

沒有人知道許大姐的真實歲數，她既然早婚，離婚後又注重保養，看起來不過三十出頭，大家只知道她的生日在八月左右，所以每年暑假，老員工們都隨意挑個週日給她慶生。做一些讓老闆娘高興的事準沒錯的，這一天少不了取之不盡的台灣啤酒，幸運的話，許大姐也會記得開幾瓶紹興或高粱，這樣大夥兒就更熱鬧了。許大姐的開場白總是這樣：

「雖然每年說一樣的話，但是有些話是百說不厭的。如果沒有你們，餐館的生意撐不下去。有了你們，才有了餐館的存在。有了餐館，咱們才能填飽肚子。來，謝謝你們大家！」

說著，舉起酒杯，大夥也競相說著感謝的話，一邊將酒給乾了。

這一天的慶生會話題，圍繞著許大姐的兩個孩子，他們在國外讀書和生活的經歷，聽說沒有回家功課，放了學便是去公園踢球和參加課後的社團活動，但其實是學得更多，讓這些有孩子們在補習班長大的員工們瞠目結舌。

許大姐說：

「聽孩子的爸爸說，這兩個孩子比在台灣用功多了，大概玩得盡興，讀課業也有精神了，不用大人逼。」

王豪聽許大姐稱前夫為「孩子的爸爸」挺有趣的，有點撇清關係的意思，卻又沾了點情感的味道。

接著，這些幾乎都是做了父母的人開始大量的說起家庭的事啦，教養孩子，婆家夫家或貸款租賃，夫妻的爭吵，誰生病住院要照護等等話題。你一言，我一語，好像都在各說各話，但又似乎都能在適當的分秒接口或聆聽。酒精去除了防衛，在餐館流著汗水，領著月薪，養家活口的同事們找到了同病相憐的夥伴，在人生的這條路上，走一段，看一段，拉著一起在身邊的朋友，彼此相濡以沫。許大姐起了個頭後便安靜了，只是看著誰的酒喝完了，幫忙遞上新的一罐。王豪連第一罐都還沒有喝完，桌旁地上已經搬來第二箱了。

許大姐微笑看著他，說道：

「王豪，有沒有女朋友？」

王豪愣了一下，回答：

「高中的時候，交往過兩個都吹了。」

「為什麼？」

「女孩子很煩，搞不清楚她們在想什麼，動不動就愛生氣。」

許大姐點頭，遞了一罐啤酒給他，王豪將手裡的那罐先喝乾，再接過許大姐手裡的酒。她說：

「不是每一個女孩子都是這樣子的，何況你們也都是剛剛開始學習怎麼和異性相處，慢慢你就會找到適合你的人。」

王豪不再說什麼，聽聽喝喝，偶爾和許大姐的眼神對上了，他都立刻移開，覺得好像被電了。等身邊的人都酒足飯飽，紛紛拿起手機撥電話，準備回家時，已經過了午夜十二點。許大姐叫大夥將桌上的東西放著別動，說明天她有空再收拾即可，隨即幫著呼叫計程車。幾個喝得猛的，連站也站不穩，還準備要去騎摩托車，被王豪給拉回來，一邊嚷嚷著。等大夥都散光了，王豪因為住得近，自願留下來幫忙收拾碗筷。

許大姐因著酒，滿臉紅暈，一邊謝他，叫他將鐵捲門放下一半，一邊跟他聊著學校的事。王豪好幾次在廚房跟她擦身而過，微微碰到她的手臂，身體就好像踩錯了油門，血液突然超速流動。他感到下身緊繃著褲檔，有好一陣子沒有這樣的感覺了，他很不安，又興奮，等桌上清整乾淨時，許大姐重新坐下，背對著門，給她自己開了一罐啤酒，但她並沒有遞給王豪。王豪覺得自己應該要告辭了，可是他看到許大姐坐下來，他的雙腿完全不聽使喚，居然在她面前坐下。

他的喉嚨是乾澀的。

他想說些什麼，但全身僵硬，他好像一條在木製的玩具槍上拉緊了的橡皮筋，如果一個不小心扣到板機，橡皮筋就會直飛出去，至於飛向哪兒，他並不能確定，現在的他是不能隨便動彈的。

許大姐今天穿著白色的短衫，袖口滾著蕾絲邊，紅色貼身的長裙，包裹著渾圓的臀部。她喝了一口，對他說：

「你已經是一個成年人了，你自己想清楚要的是什麼，不要做後悔的事，也不要無視眼前的機會。」

王豪低著嗓音，硬著頭皮問道：

「我有什麼機會？」

「真正認識女人的機會。」

許大姐這時放下了啤酒罐，解開自己胸前的兩個釦子，王豪看到了她的乳溝，白皙的一小片皮膚。他無法將視線從她胸前挪開，他的心跳加速，他挪動了雙腿的位置，吞了一口唾液，將手插進頭髮裡。

她繼續解釦的動作，直到整個上衣坦開，露出她紫色的胸罩，在王豪的面前化成一股紫色的煙，王豪用力的眨著眼，卻覺得越看越模糊，整個餐廳都煙霧迷漫，安靜得只剩下呼吸的聲音。

許大姐將椅子往前挪近他，拿起他的一隻手，放在自己的胸部。王豪僵了，放在她胸部的手好像不是他的了，他失去了感覺，只知道自己似乎要爆炸。他告訴自己不能動，一動就毀了，他會變成一條野獸，他會管不住自己。

她溫柔的看著他，面帶笑容說：

「雖然我的年紀比你大了些，但我們都是自由的個體，我沒有先生，你也沒有女朋友。生完老二後，我就結紮了，所以你也不用擔心會弄大了我的肚子。我很健康，沒有病，我相信你也是。我可以教你很多事情，但是我也要確定這是你要的。」

王豪膽子大了些，他的手伸進了胸罩裡，摸到了她的乳頭。許大姐嗯了一聲，將他的手拿開。她喘了口氣，說：

「你回去想一想，如果你真的想要，也沒有道德上的罪惡感，那我就給你，我們會很快樂，也絕對不會有人知道。」

王豪想衝上前緊緊抱住這誘人的女體，他想去探索許多年來私藏的秘密，這些秘密常常在夜裡折磨他的身體，弄得他心神不寧。但是許大姐起身了，她走到門邊，對他說：

「記得我說的話，明天我會留在店裡整理，如果你來，就到後門打電話給我，我再來開門。」

王豪點點頭，才剛低頭跨出去，鐵捲門緩緩落下，在身後發出刺耳的聲響，慢慢的隔絕了店裡的光，門口恢復黑暗。只有街角的路燈仍亮著，但是漫不經心，不像店裡的光，亮得教人睜不開眼睛。許大姐的胸部也閃著白光，他的手有觸電的感覺。他將剛剛貼在許大姐胸前的手掌，放到臉上，用力的吸了一口氣，眼前的夜突然有了不一樣的味道，是迷人的，醉人的，帶著溫柔的氣息，像女人的胸部一樣。

怎麼平常都不曾感覺得到？

這一夜，王豪是別想好好的睡了。

他翻來覆去，他的魂飛到了餐館的二樓，到了許大姐的臥房裡，夢裡的房間全是紫色的，連許大姐的身體也是紫色的。他對著她的胸口射出了紫色的精液，精液卻射得老遠，飛出窗外，到了街燈下，結果竟然變成了一朵紫色的花。

21・光榮畢業

許大姐來開後門的時候，穿著圍裙，她正在廚房洗昨晚留下的髒碗筷。

王豪一進門便說：

「要不要幫忙？」

許大姐解下圍裙，笑著說：

「你可不是來洗碗的，免得我還得付你鐘點費。」

王豪也笑了。他站在廚房，一時不知該說什麼才好。許大姐將圍裙掛好，沖洗著手，問他：

「你吃早餐了嗎？」

他早上七點就醒了，烤了六片吐司，灌了兩大杯的牛奶。他只覺得肚子空洞洞的，好像填不滿。許大姐注意到他的襯衫燙得很平整，整個人乾乾淨淨的，肩膀寬闊，挺著胸膛，充滿著年輕男子的氣勢。她走過去拉起他的手，說著：

「跟我來。」

王豪的心就是在那一刻開始狂跳，如激昂的戰鼓。他的身體微微的顫抖，不是因為害怕，而是因為緊張。他正在訓練場上踏著步伐，身邊有女人的體香麻醉了他的神經，只剩下他身體的反射動作尚維持著基本的戰鬥機能。

一直到多年後的那一場雨，他才又感受到如此時此刻的這第一次，唯一的一次。日後縱然還有千次，百次，都沒有辦法能媲美這第一次的鼓聲了。

他是一個戰士，他將征服女體，但他也將保護女體，崇拜女體，他將善用女體的魔力，開啟他人生的另一種篇章。這是學校學不到的，課本不會教的，而卻是生命傳傳承承，紛紛擾擾的根源。

那年的暑假，美玲注意到兒子變了。

他會主動整理家裡，對大家都輕聲細語，沒頂過半句話。唸他的時候，他溫柔的回一聲：

「好，我會記得。」或是「沒問題，下次我會注意。」

弄得美玲和她的爸爸媽媽面面相覷，不知如何應答。

他不但整理家裡，也將自己整理得非常妥當。頭髮平短，散著洗髮精的香氣，衣衫燙得漿直，連牛仔褲也燙平了。布鞋刷洗得乾乾淨淨，晾在陽台的時候，美玲簡直不敢相信自己的眼睛。她心裡有底了，兒子一定是看上了誰，或和哪家的姑娘正交往著。他不是沒交過女朋友，從前也沒見過有哪個女朋友給他這麼正向的影響。這回兒肯定是個有教養的女孩兒了。美玲替他高興，也不免有點感傷。做媽媽的影響力永遠比不上女朋友的魔力。做媽媽的說破了嘴也比不上女朋友的一個眼神。

這天她等著王豪下班，竟等到快午夜一點了。等他洗完澡，回房休息時，美玲輕輕敲門，等兒子的回應。只聽他說：

「媽，什麼事？」

美玲開門進去，王豪已經躺在床上了。

「很累了吧。怎麼這麼晚？」

「對呀，今天忙瘋了，客人超多，我們留下來幫忙洗碗筷和打掃。」

「媽想跟你說說話好嗎？」

王豪坐起身，伸個懶腰。

美玲試探的口氣說：

「我們都覺得你這樣打工很辛苦，不過看起來，你好像還滿喜歡這個工作。」

他用力的打了個呵欠，回道：

「媽，我知道妳在想什麼，我沒有交女朋友，只不過開始學著在社會上打拚，得注意自己的形象，何況，妳和阿公阿媽好不容易把我帶大，也是我該回饋的時候了，人總是要長大的嘛，不是嗎？如果我有了正式的女朋友，一定會讓妳知道，我也絕對會小心的，絕對不會弄大女朋友的肚子。我可以發誓。妳要對我放心，對我有信心，我會好好照顧自己。」

美玲睜大了眼睛。

她看著王豪，唯一的寶貝兒子。每隔一陣子仔細瞧他，他稚氣的模樣便少了一分。現在眼前的他，已經是一位成熟的大人了，雖然才快滿二十歲，他的眼神已透露出他獨立的個性，不完整的家庭卻留給他更纖細的心。美玲突然好想抱著兒子哭一場，不是因為傷心，而是因為欣喜。

王豪拍拍母親的肩膀，說：

「早點睡吧，晚安。」

王豪躺在床上，想著這快結束的暑期工讀，充滿了不捨。今天晚上九點餐廳就都收拾好了，大家還提早回家。他和許大姐在二樓翻滾了好幾個回合，弄得他神智都模糊了，簡直不像活在人間，腳底輕飄飄的，走起路來好像要飛上天似。天堂的日子恐怕都還沒有他在餐館的夜晚來得快活。

但是這樣的日子就要結束了，他在她的身體裡，聽她呢喃：

「豪小子，以後你要這樣對女人溫柔，讓她快樂……」

王豪吻著她，輕咬著她的頸，她的乳頭，他已經學會怎麼樣讓女人得到高潮，在女人的快樂中，建立自己的快樂。他可以掌握全局，其實也是讓女人控制著。他捨不得這個可以容下他的軀體，讓他戀愛，想望，思念，讓他著迷和瘋狂的肉身。他看到紫色的花綻放在她紅潤的臉龐。

躺在床上，許大姐撫摸著他的胸膛，說：

「我們的關係必須結束了，你已經通過考試，可以光榮畢業。」

王豪翻過身，再次壓在她的身上，對她耳語：

「你把我當了吧，讓我再補考一次。」

說完，餐館的招牌燈剛好暗了，正是午夜十二點。原本靠著招牌燈，二樓的臥房不需開燈也可以看得到彼此。現在卻是伸手不見五指，王豪想起身去開床頭燈，許大姐拉住了他，說：

「你不是要補考嗎？補考的題目就得難一些。眼睛看不到正好考驗你的能力。」

黑暗中聽到了王豪的笑聲，他說：

「我才不怕呢，越難越好，越難，花的時間就越多，妳可別怪我。反正我看不到就用摸的，用咬的，用舔的，總會讓我找對地方。」

就這樣，王豪高中畢業了。在餐館的工讀也結束了。

不過，一個學習的結束是另一個學習的開始，他覺得人生真的是頂奇妙的。

22・自慰

素妍醒來的時候，已經是隔日的中午了。她躺在自己的床上，她不記得昨晚是怎麼回到家的。事實上，他，美玲的兒子，站在她面前之後的事，她完全沒有印象。記憶好像被消磁了，失去了最重要的片段。她頭痛，喉嚨痛，身體像散掉了，關節全部失去潤滑液，彷彿年久失修的破舊機器急需上油。她勉強走進浴室，放了一滿缸的熱水，將身體浸下去。

素妍躺在浴缸裡，頭痛欲裂，但是她滿心都是王豪站在吧台後方的身影，那麼自在與專業，面對眾女環繞，仍毫不掩飾他的魅力。她經驗過他的柔軟的手指頭，他柔軟的唇，她想要將他據為己有。可是他偏偏是美玲的兒子，這樣的關係要怎麼持續？

她感到怨恨，恨自己莫名其妙的那麼在意他的身分。

不過就是住在老屋裡的那一個人。

人家可從未給她除了身體之外的東西。

連名字也不曾喚過，她還能要求什麼？

素妍撫摸著身體，熱水讓她全然放鬆了，她想像王豪的手在她身上游走。她揉捏自己的乳房，輕捏著乳頭，身體馬上便甦醒了。她的手滑向下身，輕撫著外陰，她們像兩片缺乏灌溉的密林，垂頭喪氣的枝葉，只等待著甘霖的降臨。素妍怎麼能讓自己的身體哭泣呢，她也可以暫時代替王豪的身體，細心呵護自己。

她將右手中指輕輕的摸著陰蒂，逗弄著她，她的密道立刻灼熱起來。她不曾這樣撫觸自己，自慰的名稱聽起來帶著不淨的色彩，好像是做給別人看的，她想都沒想過，也從來不覺得有興趣這麼做。自己撫摸自己有什麼意思呢。有時候在報紙上不小心讀到了有關自慰的文章，也多是談論男人的自慰。她常常想著，為什麼俊為不乾脆自慰算了呢？如果對俊為而言，她不過是剛好一個具備了通道的肉體，他的目的不過都是要射精，自己解決不也一樣嗎？

當然，這一切都改變了。

自從王豪帶她進入了美麗新世界，她才知道男人是這樣的享受和依戀著女人的身體。他捧著她，多少次他們在彼此的身體內，汲取歡愉的泉源，她的肉身帶給他快樂，同樣的道理，素妍自己也深陷其中，不願意，也不容易自拔了。

女人可以自慰嗎？

她感到緊張，心跳加速，對自己體內的反應有點迷惘，她的密道在呼喚王豪，但是她可以用手指代替他，呵護她的需求，她想要。

她慢慢地將指頭伸進去了，小心翼翼的，第一次，她進入自己的身體，探險。原來是這樣的感覺，熱烘烘的，密道的四周有結實卻又柔軟的肌肉，她的手指頭感受到黏液的熱度，不自覺地加重了指頭的力量，也增加了進出的速度。她的身體慢慢的拱了起來。她一手用力捏著自己胸部，她呻吟，擺動，浴缸裡的水一波一波被濺出，磁磚上都是水痕。她想像著自己已經和他在一起了。

她在汪洋的底部，在彩虹的頂端。

她閉著的眼睛看到繁星點點。

無垠的夜空有她在歡唱，有他，在她身邊擊掌相和。

在這個世界中，有她渺小的肉身在做最隆重的新生儀式，這個儀式從海洋和陸地的誕生開始，將持續到人類世紀的盡頭。

素妍忘了今夕何夕，忘記了昨夜的淚水，她正全心安撫自己的肉身，她因為太過專心了，以致於浴室門口站著一個人，她一無所知。

那天傍晚俊為回到家，家裡半個人影兒也沒有，非常驚訝，他拿出手機，才發現素妍傳給他的簡訊：

「我去參加同學會，會很晚回來。冰箱有剩麵。」

素妍竟然事先未告訴他，開始自作主張了。她打破了十多年來俊為是「一家之主」

的慣例，連說也沒有說一聲，連飯菜也沒有準備好。他感覺得到最近素妍常常魂不守舍，本來話就不多，現在更是安靜，總是窩在床上讀小說。之前如果俊為在家，她總是會坐在他身邊，隨便看個電視也好。他們稱不上是對恩愛的夫妻，但總算是牽著手，一起過了不算短的日子了。俊為自認是一位稱職的丈夫，他努力工作，提供他們兩人世界衣食溫飽無缺，連退休後的生活他也開始規劃了，雖然他有著另外一個女人，但主因也只是生理上的需求，最近不是有一套理論說道：

「男人身上已設定的進化程式之一，就是男人會自動尋找有生育力的子宮，所以已婚男性出軌找年輕的女性，是順理成章的事。」

進化的結果，怪不得他。

他還是有照顧到素妍，對她的態度也很好，她還會有不滿意的地方嗎？

難道是她想有孩子？

不可能的。

為了這件事情，他們溝通不下百遍，每一次兩人共同得結論都是一致的，如果生活中真的有什麼是百分之百，俊為確定瞭解素妍的想法，肯定會是這件事，而且不但是百分之一百，恐怕百分之兩百也達到了。所以，素妍不會是因為這件事而心不在焉。

她的生活太無趣了嗎？

一個單純的家庭主婦，生活中的確沒有什麼好拿來說的。

但是素妍自己選擇不工作的，何況又不缺錢，她父母留給她的銀行存款也夠她這輩子花用了，每天輕鬆自由，還有什麼好憂煩的呢？

真是的，女人的心果真如海底針，他將可能的原因細想了一遍，毫無頭緒。突然，「同學會」給他一個不安的念頭。他記得報紙上說道，因為網路的連結，許多人在線上尋到舊時情侶，造成不少外遇的發生。

素妍該不會有什麼青梅竹馬的舊情人出現吧？

俊為立刻打開了電腦，連了線，查了素妍之前上的網站，發現都是Youtube和雅虎的新聞，她連Facebook也沒有，她的email並沒有登出，收信夾裡多是佩芸的來信和一堆網路垃圾郵件，什麼餐廳、民宿或警告注意食品安全的文章等，女人就愛注意這些，弄得自己很緊張……。

俊為瀏覽了一會兒，看不出可疑的地方，放了心，氣也消了些。他拿起手機撥給素妍，電話響了很久沒有接聽，她大概是沒聽到吧。俊為改撥電話給紫婷，今晚他想在她那兒過夜。紫婷在電話裡的笑聲充滿了嫵媚的音調，那麼露骨的沿著聽筒傳到俊為的下身，讓他拿著手機前後踱步，好像正在旋緊發條。俊為在外過夜的機率還不到頻繁的程度，在尚未結束婚姻之前，他並不想太囂張，以免節外生枝。事實上，他也並沒有打算結束婚姻，目前的狀況穩穩當當的，何必給自己找麻煩。雖然素妍似乎毫不在乎他每天忙到午夜才回家，但是他仍得準時上班的，夜夜笙歌畢竟還不是他的本性，他玩女人，也要玩得人財皆保才是，弄到人財兩失是愚蠢的玩家。俊為雖然喜歡用下半身想事情，但是上半身也不能荒廢。

他換了休閒服，連冰箱裡的麵也沒吃就出門了。家裡冷冷清清的，他才覺得少一個人感覺真的差很多。

他先去租了四部影碟，買了炸雞排和飲料，開著他的銀白色寶馬，一路駛過高架橋，轉了個交流道，路程約二十分鐘，可以說是剛剛好。離家太近，怕被人撞見了。保持些距離，比較不會造成心理上的負擔，

紫婷的住處靠近一座山坡，風景優美，距離市中心遠了些，房價還算在合理的範圍，如果以供養情婦而言。

紫婷，穿著火紅的吊帶絲襪，側躺在銀亮的深藍水床上等他。鏤空的絲質睡衣下，豐美的軀體腴潤飽滿，隱約可見她光嫩如玉的肌膚，俊為只要想到這個畫面，就夠他神魂顛倒，恨不得立刻插翅飛到她身邊，相依相偎，從此君王不早朝。他圖的不就是這個肉身的溫度嗎？人世間有這麼多美貌的女子，若讓一紙婚約，阻礙了他遍嚐美食的機會，可不是太不近人情了。

紫婷是懂事的，從不要求名份，她只要俊為愛她，至於什麼時候他可以正式離開糟糠之妻，以後再說。眼下他倆幾乎是自由的，沒有什麼是做不到的事，約不了的會。像七夕

浪漫大餐，紫婷生日過夜出遊，五星級汽車旅館暗夜笙歌，俊為將所有的空檔機會都排給了紫婷，讓她覺得自己不過是少了一紙結婚證書的貴婦人，所以離不離婚或要不要再婚都不重要了，紫婷擁有俊為的人和心，和俊為買給她的景觀套房，她也知道要知足。現在的她，還缺甚麼呢？俊為曾讀了《失樂園》作者渡邊淳一書中的一段話給她聽：

事物常有表裡，莊嚴的背後藏著淫蕩，靜謐的背後藏著癡狂，在道德暗處喘息的悖德才是人生至高的逸樂。

逸樂，紫婷最清楚的感受，俊為最陶醉的墮落。這種墮落，帶給他全然的放鬆。紫婷懂得他的辛苦，她會用晶明的大眼睛，認真的聽他講話。

「我這樣對素妍的要求會太多嗎？」

俊為曾經問過紫婷。

「她對我的工作完全不懂，也沒有興趣。她一點都不懂得男人的需求，一點情趣也沒有，跟她做愛像跟一根木頭在一起是一樣的。」

俊為慨歎。

紫婷從不亂說話或背後批評素妍，或附和他的抱怨。每當俊為心有所感時，她只會用她的柔軟雙唇封住他的口，蜜桃般甜美的滋味，讓俊為銷魂忘我，他真心願意拋棄一切，和身邊這位女人長相廝守。紫婷在俊為面前面試的那一天，是她生命中的轉捩點，她不用再尋尋覓覓，等待另一半出現，俊為給了她百分之一百的關注，填滿了她的空虛日子，在她的銀行的存摺中，也增多了許多的零。

原來作為一個女人，她只要有人寵著她。

她可以不用獨自面對外頭世界的風風雨雨。

她只要這樣。

俊為喜歡這樣。

素妍是被她自己的無知和無趣蒙在鼓裡，十年婚姻沒有任何新的劇情。

如果人生真的是一場連續劇，好歹也要有賣點，像介入一些爭端，灑幾滴狗血啦，或用力甩幾個巴掌，嚎啕哭鬧，不然也應該發生幾件意外，做一些不該做的事，見幾位不該見的人。什麼都沒有，怎麼會有收視率呢？

俊為在隔天的中午回到家，聽到二樓浴室似乎傳來流水的聲音，他想，素妍不知道是什麼時候回來的。他走上樓見到浴室門沒有關上，正準備喚她，卻聽到奇怪的聲響，似乎是哭泣的聲音，又似乎像在呻吟，他悄悄的站到門邊，他被眼前的景象震住了，天旋地轉。

他悄悄的退回去，跌坐在床沿。

23．沉澱在時光裡的

素妍走出浴室時，突然見到俊為坐在床邊，嚇了一大跳，等她看清楚俊為淚流滿面時，她的心裡卻明白了。

她走過去，隔了些距離，坐在他的身邊，輕聲的說：

「我們離婚吧。」

俊為將臉埋進雙手裡，淚仍繼續從指間滑落至地板。

素妍一陣心酸，哽咽的說：

「俊，你早就不再愛我了，我也不愛你了……我早就知道了。」

她再說不下去，起身，再走回浴室，將門鎖上。

俊為沒想到得到的是這樣的話，他聽到素妍啜泣的聲音，他慢步離開，他知道他們的婚姻是完了，他對不起她。雖然很早以前即是名存實亡，但假象維持住彼此的面具，不要撕破，好像還能找到結婚的理由。俊為喜歡回到有人在家的「家」，素妍將他的生活打理得非常順手，永遠有乾淨的衣服在衣櫃裡是多麼方便的事。不論他在外面如何為工作打拚或在感情上胡來，他有個豪華的「家」，有明媒正娶的妻子，而這幾乎就是他的後盾，作為一個成功男人的必備工具。好像是坐在船舫上的貴公子招著歌妓聽曲，這精雕細緻的金舫是一定要有的，顯得出他的出身，和一般男人一樣，一路也是正正當當的走來，沒有拐彎取巧的。

但想起過去的情意，俊為的心刺痛了，他聽得清楚她在門後的啜泣聲。

他離開臥室，腳步沉重無比。

他突然想去找紫婷，進入她的身體，他想聽她尖叫呻吟，他想要紫婷在他的身上啃咬，甚至看到她潔白的貝齒上留著殷紅的血痕。

紅印飛舞，唇齒交會，俊為和素妍終於在變色的婚姻裡選擇分道揚鑣。

眼淚簌簌順頰而下，漸漸地她看不清前方，她不知道未來將會如何收場？

不過她很清楚，經過這一次，這個家已徹底的解體了。

俊為和素妍只花了兩週的時間辦妥離婚手續。他將房子留給素妍，搬至紫婷的住處。而素妍自上一回在酒館酩盯大醉後就再沒有去「酒家」了，連老屋也沒有過去了。她打點行李，飛到美國，選了一個安靜的城鎮，在大學附設的語言學校讀書。這整個程序，從頭至尾不到一個月，等我接到素妍的伊媚兒時，她人已經在美國了。

她在信裡說道：

離婚讓我看到真心的力量，這中間是沒有怨恨與愁懟的。

陳之藩先生在〈垂柳〉一文中說，他在柳樹旁看到一個頭髮飄散得如雲的女孩，為此，他每天總想去北海看柳樹。而好像有一縷情感，如石下泥壑裡的細水，時而淤塞，又時而穿流。最後他寫了一首詩和一支自己用柳枝做成的筆獻給她當臨別贈禮，雖然禮物送到了她的手裡，但還有許多的話來不及訴說，她已經像一陣風似的跑走了。他再寫了一封信，希望在車站臨出發時，她能用那柔柔的目光送他一程。可是，臨行倉促，給她的那封信最終還是在自己的口袋裡。

他說：

我坐在徐徐而動的火車中，望著窗外發呆。

而窗外，不是煙，就是柳，不是柳，就是煙。

最先她的影子在每棵柳樹下閃動，隨後即像煙一樣的消失了。

我走在如森林般的公園裡，知道有些東西是永遠不會再回來的了。

中年，曾經給我怵目驚心的感受。但是有一天傍晚，我坐在書桌前，從落地窗望向不遠處的森林，林木蔥翠，沉靜的夕陽籠罩大地，間或幾隻飛鳥遨遊，我看著這景，直到夜幕低垂。我如果能開始注意到日復一日的意義，也許我又可因為四季的變化，飛鳥的姿態，或早晨鳥兒的啁啾聲，帶給我生活上無限的喜悅。

就如同，我們都在生命的軌道上與我們所愛的人相遇，我們都得繼續走下去。明知道結果一定是分離，也必需義無反顧。偶然的相逢也好，或是注定一生的糾葛牽扯，這些都不是我們能掌控的，但至少我希望認真活過。不論結果如何，此刻，我都將踏上新的旅程。妳幫助我很多事，有些是永遠不會忘記的。

妳還記得我跟妳說的老屋的故事嗎？經過了這段時間的沉澱，我想說的是，煙和柳都會消失，影子卻還會在心裡。

後記

素妍在美國讀了一年半的書，回來後，便在補習班擔任課業輔導老師。

這是一個星期天的下午五點，她才剛從補習班下班，走進她家的巷子時，空氣中飄來淡淡的花香，她微微詫異，門口不知名的花什麼時候開始有香味的，她怎麼從來都沒注意到。她猶豫了一會兒，快步的經過了警衛室，警衛叫住了她，今天值班的是鄭先生，他說：

「吳小姐，您有訪客。」

素妍愣了一下，充滿狐疑的口氣回道：

「訪客？」

鄭先生挺直了身體，回答道：

「是一位王先生，我請他在候客室等著。」

素妍心慌了，她拉整了自己的衣裙，快速的從手提袋中拿出小鏡子，檢查面容然後往前走去。有個人坐在沙發上著等著她。他背對著外面，素妍從他的背影看到他的肩膀，他的馬尾，她認得那是曾讓她魂牽夢縈的依靠，她仍記得他的體溫，和他留給她的無盡的思念。

他聽到身後的腳步聲，卻沒有回頭，但是素妍看得到他握緊了雙手。

她慢慢的向前走去。

花的香氣突然間瀰漫了整個候客廳。

釀文學31　PG0589

教慾

作　　者　谷　梅
責任編輯　林泰宏
圖文排版　蔡瑋中
封面設計　李孟瑾

出版策劃　釀出版
製作發行　秀威資訊科技股份有限公司
114 台北市內湖區瑞光路76巷65號1樓
電話：+886-2-2796-3638　傳真：+886-2-2796-1377
服務信箱：service@showwe.com.tw
http://www.showwe.com.tw
郵政劃撥　19563868　戶名：秀威資訊科技股份有限公司
展售門市　國家書店【松江門市】
104 台北市中山區松江路209號1樓
電話：+886-2-2518-0207　傳真：+886-2-2518-0778
網路訂購　秀威網路書店：http://www.bodbooks.com.tw
國家網路書店：http://www.govbooks.com.tw
法律顧問　毛國樑　律師
總 經 銷　聯合發行股份有限公司
231新北市新店區寶橋路235巷6弄6號4F
電話：+886-2-2917-8022　傳真：+886-2-2915-6275

出版日期　2011年8月　BOD一版
定　　價　250元

Printed in Taiwan

國家圖書館出版品預行編目

教慾 / 谷梅著. -- 一版. -- 臺北市：釀出版, 2011. 08

面； 公分. --（釀文學31 ; PG0589）

BOD版

ISBN 978-986-6095-39-9（平裝）

857.7 100014204

讀者回函卡

感謝您購買本書，為提升服務品質，請填妥以下資料，將讀者回函卡直接寄回或傳真本公司，收到您的寶貴意見後，我們會收藏記錄及檢討，謝謝！

如您需要了解本公司最新出版書目、購書優惠或企劃活動，歡迎您上網查詢或下載相關資料：http:// www.showwe.com.tw

您購買的書名：________________________________

出生日期：________年________月________日

學歷：□高中（含）以下　□大專　□研究所（含）以上

職業：□製造業　□金融業　□資訊業　□軍警　□傳播業　□自由業

□服務業　□公務員　□教職　□學生　□家管　□其它______

購書地點：□網路書店　□實體書店　□書展　□郵購　□贈閱　□其他

您從何得知本書的消息？

□網路書店　□實體書店　□網路搜尋　□電子報　□書訊　□雜誌

□傳播媒體　□親友推薦　□網站推薦　□部落格　□其他__________

您對本書的評價：（請填代號　1.非常滿意　2.滿意　3.尚可　4.再改進）

封面設計____　版面編排____　內容____　文／譯筆____　價格____

讀完書後您覺得：

□很有收穫　□有收穫　□收穫不多　□沒收穫

對我們的建議：________________________________

____

____

____

請貼
郵票

11466
台北市內湖區瑞光路 76 巷 65 號 1 樓
秀威資訊科技股份有限公司 收
BOD 數位出版事業部

……………………………………………………………………………………

（請沿線對折寄回，謝謝！）

姓　　名：＿＿＿＿＿＿＿＿＿＿　年齡：＿＿＿＿　性別：□女　□男

郵遞區號：□□□□□

地　　址：＿＿＿＿＿＿＿＿＿＿＿＿＿＿＿＿＿＿＿＿＿＿＿＿＿＿

聯絡電話：(日)＿＿＿＿＿＿＿＿＿＿＿＿＿(夜)＿＿＿＿＿＿＿＿＿＿＿＿＿

E-mail：＿＿＿＿＿＿＿＿＿＿＿＿＿＿＿＿＿＿＿＿＿＿＿＿＿＿